BBULMEDIA

http://www.bbulmedia.com

신병이기

神兵利器

신병이기

예가음 퓨전 판타지 장편 소설

⑤

〈완결〉

목차

제39장 새로운 국면   7

제40장 다 수가 있다니까!   43

제41장 준비하다   83

제42장 세상에서 제일 무서운 게

       뭔지 알아?   121

제43장 대주주   163

제44장 밝혀지는 진실   201

제45장 탈환(奪還)   233

제46장 대결전(大決戰)   281

제3 9장

새로운 국면

불길은 하늘에라도 닿을 듯 치솟아 있었다.

검은 연기가 자욱한 건 물론 시뻘건 화염이 혀를 날름거리며 주위의 모든 걸 잡아먹고 있었던 것이다.

그 모습을 아연실색해서 바라보던 택중의 귓가로 은설란의 음성이 날아들었다.

"공자님! 어서!"

말뿐 아니라 택중의 손목을 낚아챈 그녀가 서둘러 외치고 있었다.

덕분에 택중은 정신을 차릴 수 있었다.

그래서인지, 은설란이 그의 손목을 잡고 아무리 잡아당겨도 꿈적도 하지 않는다.

결국 은설란은 두 눈에 의문 가득한 눈빛을 띠우고 말았다.

그동안에도 사방에선 치열한 싸움이 이어졌다.

챙! 채챙! 챙챙!

서슬 퍼런 칼날이 날뛰고, 날카로운 비명이 난무했다.

그걸 택중은 물끄러미 바라보았다.

조금도 흔들리지 않는 눈빛이었다.

당연한 얘기겠지만, 머리는 더 이상 아프지 않았다.

머릿속도 더없이 맑았다.

'일종의 경고였단 말이지?'

극장에서 체험한 기이한 현상. 머리가 아파 오다가 온몸이 반투명하게 변해 가던 걸 떠올리며 택중이 싸늘히 웃었다.

어느새 그의 입가엔 어딘지 모르게 잔인해 보이는 미소가 걸려 있었다.

그 모습을 보곤, 뭔가 일이 잘못돼 가고 있다고 느낀 은설란. 그녀가 뭐라고 하려는지 입술을 달싹거리는 순간이었다.

"가 주지!"

으득.

이를 한 차례 간 뒤 택중이 나직하게 중얼거렸다.

신병이기

"날 찾아온 모양이니, 가만있을 순 없지!"

스윽.

한 발을 앞으로 내디딘 그가 오른손을 옆으로 뻗었다.

촤악!

쓰러져 있던 사내의 허리춤에서 검날이 솟구쳤다.

그리고 택중의 손에 빨려 들었다.

턱!

가볍게 움켜쥔 검을 사선으로 내린 채 그가 막 땅을 박
차려는 순간이었다.

콰아아아아아아아아아아아앙!

엄청난 폭음이 대기를 진동했다.

뿐만 아니다.

쿠그그그그그그그그그그궁!

련주의 처소인 전각이 무너지기 시작했다.

팔층 높이의 건물. 가장 상층부가 폭발에 휩싸이기 무
섭게 기우뚱하더니, 이내 엄청난 기세로 무너져 내린 것
이다.

"끄아아아아아!"

"으아아악!"

무려 삼백 장 거리나 떨어져 있음에도 여기까지 들려오
는 비명.

폭발의 여파로 시커먼 연기가 일시에 터져 나와 하늘로 솟구치는 동안에도 아비규환의 절규는 끝없이 들려왔다.

"려, 련주님!"

떨리는 음성이 들려왔다.

은설란이었다.

택중은 돌아보지도 않은 채 콧잔등을 일그러뜨렸다.

"하하하! 여기 참 시원하구만그래!"

"아무렴요. 이게 얼마짜린데요."

"애오건이라고 했던가?"

"키킥! 에이, 발음 너무 구려요."

"응? 그게 아니었던가?"

"흐흐흐. 자, 한번 따라해 보세요. 에어커~언! 캬! 발음 좋고!"

"애오거~언!"

"으아아악! 그게 아니라니까요!"

"크하하하하! 뭐 어떤가! 뜻만 통하면 그만이지!"

"아우, 머리야!"

"그나저나, 올 여름은 유난히 덥구만그래. 이래서는 올해도 가뭄을 피하긴 어렵겠군."

언제 웃고 떠들었냐는 듯이 고심하는 표정을 짓고 있던 련주, 적무강.

패도검천이라는 별호만큼이나 패도적인 무인이었던 그이지만, 그건 어디까지나 무사들 사이에서나 통하는 얘기였을 뿐이다.

일반 서민들을 대할 때면 마치 옆집 할아버지처럼 서글서글한 미소를 잃지 않던 적무강의 얼굴이 떠오른 택중.

그의 눈동자가 크게 흔들리고 있었다.

꽉!

끝내 분노가 솟구쳤다.

머릿속이 새하얗게 변하는 듯했다.

뿐이랴.

눈앞에는 번개가 치듯 시퍼런 기운이 넘실거리는 듯 느껴졌다.

"……용서치 않는다!"

택중의 목소리가 갈라져 있었다.

"모조리 보내 주마!"

퉁!

뒷발을 가볍게 튕겨 몸을 앞으로 쏘아 낸 택중이 절규하듯 외쳤다.

"지옥으로!"

그러곤 힘껏 신형을 쏘아 내려는 찰나였다.

"안 돼욧!"

은설란이 앞을 가로막고 있었다.

두 팔을 벌린 채로.

그녀의 동공엔 간절한 빛이 흘렀다.

"분한 건 알겠지만……."

"크흑!"

택중은 신음을 흘리다가 이내 눈을 감았다.

그런 그를 은설란이 이끌었다.

가냘픈, 그러나 의지를 고스란히 담은 손가락들이 그의
손목을 움켜쥐고 있었다.

그렇게 은설란이 이끄는 데로 끌려가던 택중이 한 차례
눈을 빛낸 것은 다음 순간이었다.

"무 대주!"

그랬다.

무치가 피를 흘리며 적들을 상대하고 있는 게 눈에 띄
었던 것이다.

"저…… 저는 걱정 말고!"

후웅!

시뻘건 피를 머금고 있는 도를 힘차게 휘두르며 그가
대답하고 있었다.

무려 세 사람이나 되는 정도맹의 무사들을 맞아 힘겹게 싸우고 있었지만, 여전히 기개만큼은 하늘을 뚫을 듯했다.

하나, 사람은 신이 아니다.

단지 의지만으로 모든 걸 해결할 수는 없는 것이다.

슈캇!

"큭!"

한순간 그의 등 뒤에서 시퍼런 은광이 스치더니, 핏물이 터졌다.

"이잇!"

택중이 다짜고짜 달려들었다.

후웅!

그의 검끝에서 전뇌가 일었다.

빠지지지지직!

순식간에 간격을 좁힌 택중이 검을 휘둘렀다.

서걱!

"끄아아악!"

"헉!"

두 명을 연이어 벤 택중이 무치와 등을 맞대며 물었다.

"괜찮아?"

자신도 모르게 반말을 던지는 그였지만, 누구 하나 신경 쓰지 않았다.

것보다는 고마움과 염려하는 마음이 더 큰 무치였다.

"고맙습니다! 이제 되었으니, 먼저 탈출을……."

"그래, 가야지. 하지만!"

쐐액!

신형을 쏘아 낸 택중의 검이 무서운 속도로 대기를 갈 랐다.

푹!

빈틈을 노리고 찔러 간 검끝이 정도맹 무사의 복부를 관통했다.

택중이 몸을 비틀며 검을 빼내자, 그제야 핏물이 솟구 쳤다.

그 틈에 택중이 외쳤다.

"이쪽으로!"

무치에게 외친 것인지, 아니면 은설란에게 소리친 건지 알 수 없었지만, 그게 무슨 상관일까.

두 사람은 일제히 몸을 날려 택중의 뒤를 쫓았다.

그리고 얼마 되지 않아, 택중의 생각을 읽고는 불안한 듯 눈빛이 흔들렸다.

'서, 설마?'

'아…… 아닐 거야! 저, 절대 그럴 리가 없…….'

바람은 이루어지지 않았다.

"어서들 타요!"

트럭에 훌쩍 뛰어오른 택중이 소리치고 있었던 것이다.

하지만, 두 사람은 차마 그의 말을 따를 수 없었다.

당연한 일이었다.

안마당에 세워져 있는 트럭까지는 어찌어찌 다가갈 수 있었지만⋯⋯.

그땐 이미 적들에게 완전히 둘러싸인 상태였기 때문이다.

그것도 서른 명은 가뿐히 넘을 것 같았다.

그럼에도 은설란과 무치는 주저하고만 있을 수는 없었다.

"쳐라!"

"년놈들을 해치우자!"

"동료의 복수를!"

떼거지로 몰려오는 적들이 점점 가세하면서 어느새 포위망은 두터워졌고, 그로 인해 이제 퇴로는 완전히 막혀 버린 탓이었다.

이제는 하는 수 없었다.

기호지세(騎虎之勢).

다른 점이라곤 호랑이 대신 트럭에 탄다는 점만 다를 뿐이었다.

텅!

은설란이 보조석으로 뛰어들고, 마지막으로 트럭에 오른 무치가 문을 닫았을 때였다.

핑!

어디선가 날카로운 파공음이 들려왔다.

쐐액!

그것이 무얼 뜻하는지 모를 그들이 아니었다.

"엎드려요!"

은설란이 소리치는 순간, 화살이 보조석 쪽의 문에 틀어박혔다.

아니, 그런 줄 알았다.

하지만…….

텅!

화살은 철제 문짝을 뚫지 못한 채 바닥에 떨어지고 말았다.

은설란이 떨리는 가슴을 쓸어내릴 때였다.

쐐애애애애애애애애애애애애액!

창문을 통해 보이는 광경에 숨이 막힐 지경이었다.

한눈에도 수십 발은 되는 화살들이 날아들고 있었던 것이다.

아무리 문짝이 두껍고 튼튼한들…….

저걸 맞고 견뎌 낼 리가 만무하다.

은설란이 떨리는 음성으로 말했다.

"어, 어떡하죠?"

그때였다.

딸깍…… 딸깍…… 부르릉!

"됐다!"

시동을 건 택중이 소리쳤다.

"꽉 잡아요!"

그러곤 엑셀레이터를 힘껏 밟았다.

그 순간, 화살이 날아들었다.

파파파파파파파팍!

트럭의 옆면에 쏟아지듯 틀어박히는 화살. 그 가운데
몇 발이 유리창을 두드렸다.

쨍그랑!

유리파편이 튀며 화살 한 대가 은설란의 눈앞을 스쳐
갔다.

자연히 그녀의 고개가 택중을 향해 돌아갔다.

"고, 고 공자님!"

그녀가 절규했다.

하지만 정작 본인인 택중은 아무렇지도 않다는 듯 소리

쳤다.

"괜찮아요! 전, 아무렇지도 않으니까! 에잇!"

끼이이이이익!

핸들을 급하게 꺽자, 트럭이 반회전하며 바닥에 타이어 자국을 남기고 있었다.

피 비린내 속에 고무 타는 냄새가 난다고 생각하며 택중은 눈앞이 흐릿해지는 걸 느꼈다.

"제기랄!"

화들짝 놀라며 정신을 차린 택중이 거친 말을 쏟아 내며 엑셀레이터를 밟은 발에 힘을 주었다.

"망할 자식들! 다 덤벼!"

부르르르르르릉!

RPM이 급상승하며, 엔진이 맹렬히 회전하는 소리가 트럭을 흔들었다.

그러다가 무섭게 질주하는 트럭이었다.

"피, 피해라!"

"괴물이다!"

"으아아아아아아!"

혼비백산한 적들이 사방으로 흩어지며 트럭을 피하기 시작했다.

그 사이를 무서운 속도로 뚫고 지나가는 트럭. 운전석

에 앉아 있던 택중이 기어를 바꾸며 소리쳤다.

"갑니다!!"

부아아아아아아앙!

트럭이 우당탕거리는 소리와 함께 비포장도로를 질주하기 시작했다.

*　　　　*　　　　*

휙! 휙! 휙!

거의 동시에 허공에서 떨어져 내리는 그림자를 보면서 설매향은 감고 있던 눈을 떴다.

때맞춰 수하들이 보고했다.

"군사께 아룁니다! 내성부 제압을 완료했습니다!"

"외성부도 거의 끝나갑니다!"

"흑사련주를 비롯한 수뇌부를 뇌옥에 투옥했습니다!"

설매향이 한 차례 고개를 끄덕인 뒤 물었다.

"피해 상황은?"

가운데 있던 수하가 즉답했다.

"현재 흑사련 측 사상자는 이백 명을 넘어섰습니다."

"우리 측은?"

"사망 삼십여 명, 중경상자가 칠십여 명쯤 됩니다만,

정확하진 않습니다."

그럴 테다.

아직 싸움이 완료된 상황이 아니니, 좀 더 정확한 것은 외성부까지 접수한 뒤에 파악해야 알 수 있을 것이다.

그럼에도 만족했는지, 설매향이 고개를 주억거렸다.

그럴 수밖에.

'신병이기 때문에 고전을 면치 못할 줄 알았더니……
하긴…….'

눈을 반짝이는 설매향. 그의 머릿속에 중원 각처에서 끊이지 않고 이어지고 있는 정도와 흑도 간의 분쟁들이 스쳐 갔다.

성동격서.

적의 이목을 다른 곳으로 돌리고 주력은 이쪽으로 집중시킨 것이 주효했던 것이다.

설매향의 입가에 기묘한 미소가 어렸다.

*   *   *

산비탈 아래 돌출된 바위 아래에 제법 커다란 노송 한 그루가 서 있었다.

바람 따라 흔들리는 가지는 제법 잎이 무성해서 볕을

가리며 서늘한 그늘을 만들어 주었다.

그곳에 형편없는 몰골을 한 트럭 한 대가 서 있었다.

덜컹!

문짝이 열리고, 트럭이 한 명의 사내를 토해 냈다.

"후아!"

바닥에 엎어질 듯하다가 무릎을 꿇으며 주저앉은 택중이 크게 숨을 토했다.

"괜찮아요?"

정신을 가다듬은 뒤 그가 은설란을 향해 물었다.

"예. 저…… 전 괜찮아요."

말은 그리하고 있었지만, 안색이 창백한 게 그다지 좋아 보이지 않았다.

반면 덩치가 산만 한 사내, 무치는…….

"우욱! 우우우욱!"

반대편 문짝을 열고 튀어나온 무치가 엎어진 채 토악질을 해 대고 있었다.

택중은 고개를 내저었다.

'하긴…… 차를 처음 타 보니, 멀미를 할만도 하겠지.'

그냥 차를 탄 것도 아니고, 엄청 흔들리는 트럭이다.

게다가 도주하느라 정신없이 차를 몰았으니, 운전하는 사람이야 집중하느라 느끼지 못했다손 치더라도 다른 이들의 장기는 온통 흔들리다 못해 뒤집어졌을 것이다.

"잠시 쉬도록 하죠."

택중이 멀리 보이는 흑사련 총타를 바라보며 말하자, 은설란 역시 시선을 돌려 택중과 같은 곳을 향했다.

흔들리는 눈망울, 잘게 떨리는 속눈썹, 살짝 찡그린 미간. 그녀의 얼굴을 택중이 한 차례 바라보다 나직한 한숨을 내뱉었다.

"괜찮을 거예요."

말은 그리했지만, 실제로 그렇게 생각되진 않았다.

'지금쯤 모조리 죽었을 테지.'

그게 아니라도 잡혀서 모진 고문을 당하고 있을 터였다.

아직도 싸움의 여파는 가시지 않아서 흑사련 총타 여기저기에서 검은 연기가 피어오르는 게 보였다.

그런 가운데 해가 지려는지 하늘엔 석양이 드리워져 있었다.

그 광경을 보고 있으니, 마치 꿈결 같기만 하다.

택중이 다시 한 번 한숨을 내쉬며 말했다.

"자, 출발하죠."

"……어디로 가죠?"

은설란이 여전히 창백한 낯빛을 감추지 못한 채 물어

오고 있었다.

택중은 그녀의 눈을 들여다보다가 천천히 얘기했다.

"이미 이곳, 군산은 적진이나 마찬가지니…… 우선 악양으로 갈까 하는데요."

"하지만, 포구엔……."

"그렇겠죠. 그곳 역시 틀림없이 놈들이 손아귀에 떨어졌겠죠. 그러니, 머리를 써야겠죠."

"……무슨 좋은 수라도?"

"아뇨. 그런 게 있을 리가 없잖아요."

"……?"

"뭐, 그렇다는 얘기예요."

"무슨 말인지?"

"뭐랄까요. 이런저런 생각을 하기엔 좀……."

"……."

"열 받아서 말이에요."

눈을 반짝이는 택중을 은설란이 말없이 바라보다가 고개를 내젓고 말았다.

*   *   *

악양 쪽으로 배를 띄우는 나루터엔 수를 헤아릴 수 없

이 많은 사람들이 깔려 있었다.

이런 광경이야 평상시와 크게 다르지 않았지만, 그들이 한결같이 같은 복장에 같은 머리띠를 하고 있다는 점이 달랐다.

그들이 누구인지는 한눈에도 알 수 있었다.

복면 따윈 쓰지도 않고, 당당하게 드러낸 얼굴 위로 한결같이 두르고 있는 머리띠. 그곳에 쓰인 글자는 정(正)이라는 글자.

정도맹.

"뿌드득!"

언덕 위에서 아래쪽을 내려다보던 무치가 이를 갈아붙이며 어깨를 들썩거렸다.

그러자 택중이 얼른 손을 뻗어 그의 등짝을 내리눌렀다.

다행히 적들은 알아채지 못한 모양이었다.

안도의 한숨을 흘리며 택중이 나직이 말했다.

"죽고 싶어요?"

소곤거리는 듯한, 그러나 질책 어린 음성을 들으며 무치가 미안하다는 표정을 지어 보였다.

그 모습이 어찌나 짠한지, 택중이 입맛을 다시고 말았다.

"이제 가죠."

무치가 고개를 끄덕이자, 택중은 뒷걸음치며 언덕 위에서 물러났다.

그를 따라 무치가 천천히 움직여 물러났다.

잠시 후, 포구에서 멀리 떨어져 있는 숲속에 그들이 모습을 드러냈다.

삐익, 삐이이익!

연이어 휘파람을 불어 대자, 영락없는 도요새 소리다.

그 소리를 들었는지, 풀숲이 들썩였다.

그리고 그곳에서 하나의 인영이 나타났다.

은설란이었다.

그녀가 물었다.

"빠져나갈 수 있을 거 같아요?"

은설란의 물음에 택중은 미소로 답했다.

"뭐, 전부 가져가려면 힘들겠지만……."

그가 고개를 돌려 숲속을 바라보았다.

그곳엔 하나의 동굴이 있었고, 그 안에는 트럭이 숨겨져 있었다.

택중이 트럭의 두드리며 나직하게 말했다.

"반드시 돌아올 테니까, 얌전히 기다리고 있으라고."

그러곤 배낭을 짊어졌다.

그 안에는…….

'설마, 그걸 전부 사용하려는 건 아니겠지?'

은설란의 눈동자가 크게 흔들리는 순간, 택중이 힘껏 대지를 박찼다.

이어 외쳤다.

"자! 시작해 보자구요!"

타다다다다다다다닷!

택중이 전력질주를 시작했다.

그뒤를 은설란과 무치가 뒤따랐다.

그렇게 얼마나 달렸을까.

두 개의 언덕을 지나고 하구로 이어지는 냇가를 넘어섰을 때 가파르게 솟구친 비탈이 그들을 기다리고 있었다.

타다다다다다다닷!

그럼에도 택중은 멈추지 않았다.

그러긴커녕 조금도 속도를 줄이지 않았다.

대신 이제까지 보다 더욱 빠른 발놀림으로 땅을 박찼다.

때문에 제아무리 가파른 비탈이라도 정상에 이르는 길까지 얼마 걸리지 않았다.

타핫!

이윽고 정상에 다다랐을 때, 택중이 눈을 빛냈다.

신병이기

그에 반해 은설란과 무치는 한껏 치켜뜬 눈이 되고 말았다.

은설란이 다급히 외쳤다.

"머, 멈춰요!!"

당연한 반응이었다.

비탈이 끝나는 지점엔 길이 끊겨 있었기 때문이다.

더 이상 디딜 수 있는 땅은 없었고, 당연히 아래쪽은 까마득히 이어지는 벼랑만이 그들을 기다리고 있었던 것이다.

"공자님!!"

은설란의 외침에도 불구하고 택중은 속도를 줄이지 않았다.

아니, 이제까지와는 비교도 할 수 없을 만큼 빠르게 땅을 지치고 있었다.

그리고 마침내 그가 벼랑 끝에 이르러 힘껏 날아올랐다.

그 모습이 마치 새와 같았다.

무한한 창공을 유유히 날아오른, 자유로운 영혼이 그곳에 있었다.

놀람도 잠시, 은설란의 눈이 한없이 커졌고 그녀는 절로 떠올리고 말았다.

'아아!'

석양을 향해 뛰어오른 택중의 몸이 그림자를 드리우며 음영을 드러내자, 은설란은 아무런 말도 하지 못했다.

여전히 달리면서도 그녀는 택중에게서 눈을 떼지 못했다.

그리고 지금 그녀의 눈에 비친 택중의 모습은…… 그야말로 눈이 부실 지경이었다.

그 순간이었다.

후웅!

벼랑 앞 허공으로 힘껏 뛰어오른 택중의 몸이 포물선을 그리며 날아올랐다가 어느 지점에서 정점을 찍었다.

그러곤 곧바로 추락하기 시작했다.

"고 공자니이이이임!"

정신을 차린 은설란이 놀라서 부르짖었을 때, 택중이 허공중에서 공중제비를 돌았다.

씨익!

몸이 뒤집히는 순간, 택중이 웃는 것을 은설란은 놓치지 않았다.

'……!'

너무 놀라서 벌린 입조차 다물지 못하고 있는 은설란. 그녀가 벼랑 끝에서 두 손을 가슴 앞으로 모아 쥐었을 때 택중은 사지를 활짝 펴서 몸을 대(大)자로 만들었다.

그러곤 마치 날다람쥐처럼, 아니, 떨어져 죽으려는 사람처럼 무서운 속도로 떨어지기 시작했다.

은설란은 물론 무치 역시 경악하지 않을 수 없었다.

하나 이제 와 무슨 방도가 있을까.

무치로선 그저 외치는 수밖에 없었다.

"악! 고, 공자님!"

그나마저도 제대로 말이 나오지 않아 그저 끅끅거리며 말을 잇지 못했다.

그러는 동안에도 택중은 계속해서 추락하고 있었다.

반면 벼랑 아래쪽, 포구에 모여 경계를 늦추고 있던 자들 중 하나가 뒤늦게 택중을 발견했다.

"헛!"

저도 모르게 탄성을 내지른 사내가 손가락을 들어 올렸지만, 동료들은 외면할 따름이었다.

답답해진 사내가 소리쳤다.

"저, 저기!"

그제야 정도맹의 무사들은 하나둘 고개를 들어 사내가 가리킨 방향으로 시선을 던졌다.

그러곤 하나같이 굳은 표정이 되고 말았다.

아니, 놀람을 넘어서 경악에 물든 얼굴이었다.

그들 중 하나가 기적적으로 정신을 차리며 소리쳤다.

"적이다!"

잠시나마 얼어붙었던 대기가 일순간 달아올랐다.

"궁수대!"

가장 먼저 대응한 것은 활을 지닌 무사들이었다.

십여 명가량 되는 자들이 활을 치켜들고 화살을 시위에 걸었다.

이어 누가 먼저라고 할 것도 없이 거의 동시에 화살을 쏘았다.

쐐애애애애애애애애애액!

포물선을 그리며 날아오른 화살들이 택중을 노리고 쇄도해 갔다.

"으득!"

벼랑 위쪽에선 무치가 분한 듯 이빨을 갈았지만, 어찌할 방도가 없었다.

그때 택중의 몸에 화살들이 틀어박혔다.

파바바바바바박!

두세 발의 화살을 제외하곤 모조리 그의 몸을 꿰뚫었다.

적어도 위쪽에서 보고 있던 은설란과 무치의 눈에는 그리 보였다.

"아!"

"고, 공자님!"

하나, 아래쪽에 있던 자들의 얼굴은 새파랗게 질린 채 눈빛이 흔들리고 있었다.

그 모습을 뒤늦게 발견한 은설란이 눈을 반짝였다.

그 순간이었다.

번쩍!

택중의 몸에서 푸른빛이 터졌다.

그와 동시에 번개가 치듯 그의 몸을 중심으로 뇌전이 일었다.

파지지지지지지직!

그러자 맥없이 떨어져 내리는 화살들.

이미 반쯤은 불에 탄 듯 시커멓게 변해 힘없이 부러지고 있었다.

꾹!

무치가 신바람이 나서 두 주먹을 움켜쥐고 환호했을 때였다.

"노, 놈을 막아!"

아래쪽에서 누군가 소리치는 찰나, 택중이 그들의 머리 위로 떨어졌다.

쿵!

엄청난 폭음과 함께 정도맹의 무사들을 덮친 택중. 그의 모습은 쉽사리 찾을 수 없었다.

먼지가 일어나 사방을 뒤덮었기 때문이다.

하나 바람이 잘 통하는 포구여서인지 먼지는 금세 가라앉았고, 얼마 지나지 않아 시야가 맑아졌다.

"마, 말도 안 돼!"

천장단애라는 말이 있다.

무려 천 장에 이르는, 그야말로 깎아지른 듯한 절벽을 일컫는 말은…… 실상 허풍에 가깝다.

그러한 절벽 혹은 벼랑은 대륙에서 찾아보기 어렵다.

아마도 옛사람들이 그만큼 높은 절벽이나 혹은 깊은 절곡을 실감나게 표현하기 위해 과장한 것일 터다.

말하자면 허풍이다.

하나 그 규모가 천 장이 되었든, 백 장 되었든 간에 실제로 눈앞에서 보는 절벽이나 절곡은 아찔할 정도로 압도적이다.

그런 곳을 무서운 속도로 떨어져 내린 물체가 성할 것이라 믿는 건 모자람을 스스로 드러내는 것밖엔 안 되리라.

하물며 사람이 떨어졌다.

당연히 묵사발이 될 게 빤하다.

한데 눈앞에서는 하나의 인영이 버젓이 일어나고 있었다.

오히려 그와 충돌한 정도맹의 무사들만 작살이 난 상황이었다.

스윽.

천천히 몸을 일으킨 택중이 자신의 몸을 툭툭 털고는 주위를 쓸어 보았다.

부르르르.

정도맹의 무사들이 북풍한설의 사시나무처럼 몸을 떨었다.

그 모습을 아무런 표정 변화 없이 바라보던 택중이 고개를 위쪽으로 쳐들고 소리쳤다.

"십 분만 기다려요!"

그러곤 오연히 적들을 응시했다.

이어 검을 치켜들었다.

"헉!"

놀란 정도맹의 무사들이 하나둘 뒷걸음질 치는데, 택중이 땅을 박찼다.

그러곤 한줄기 음성을 내뱉었다.

"뇌격참월!"

뇌격검 특유의 검전(劍電)을 흘리며 택중이 쇄도했다.

좌아아아아아아악!

무시무시한 검이 일대를 쓸어 갔다.

군산과 악양을 이분하는 물줄기 앞에서 하나의 인영이 화려한 춤사위를 보이고 있었다.

그와 비교해 허수아비마냥 아무런 대적도 하지 못하고 쓰러지는 정도맹의 무사들이었다.

그 모습을 벼랑 위에서 바라보고 있던 은설란이 또다시 감격에 겨워 눈물을 글썽이고 있을 때였다.

"내려가시죠."

무치가 눈치 없이 말했고, 은설란은 한 차례 그를 째려보다가 가볍게 한숨을 내쉬고 말았다.

*　　　　　*　　　　　*

벼랑 옆쪽으로 난 소로는 길이라고 부르기엔 너무 좁고 또한 험했다. 군데군데 바위가 돌출해 있어서 발을 디디지도 못했더라면 내려올 엄두도 내지 못했을 정도였다.

어찌 되었든 다소 시간이 걸려 절벽을 기다시피 해서 내려온 두 사람, 은설란과 무치를 기다리고 있는 것은 한 사내였다.

그 사내가 택중인 것은 물론이었다.

베이고 상처를 감싸고 또는 부러진 팔이나 다리를 움켜쥐고 비명을 내지르는 정도맹 무사들 한가운데 서서 오연한 눈길로 적들을 쓸어 보고 있던 택중이 은설란과 무치를 발견하곤 그제야 환한 미소를 지어 보였다.

그 바람에 기막힌 심정이 된 은설란이 그를 향해 후다닥 뛰어가며 외쳤다.

"다치지 않았어요?"

"아뇨, 전혀요."

"휴우! 정말이지, 당신이란 사람은……."

"헤헤헤! 순간적으로 뚜껑이 확 열려서 말이죠!"

"예? 뚜껑이요?"

"아! 그런 게 있어요. 참, 십 분이 조금 더 걸렸으려나? 에헤헤헤!"

"시, 십 분? 그게 뭐죠?"

"음…… 그러니까, 십오 분이 일각이니까, 삼십 분이 이각쯤 되려나?"

나름 논리적으로 설명해 보는 택중이었지만, 현대적인 수 개념을 은설란에게 이해시키엔 어림 반 푼 어치도 없었다.

결국 은설란이 묘한 표정으로 고개를 갸우뚱거리는 걸 본 택중이 난감한 웃음을 지어 보이다가 이렇게 외쳤다.

"자, 가죠!"

*　　　　　*　　　　　*

군산을 완전히 접수한 정도맹의 무사들이 여기저기 흩어진 채 적도들을 제압하느라 정신이 없었다.

그런 와중에 그들 중 일부가 하나의 전각에 쉴 새 없이 드나들고 있었다.

바로 설매향이 머물며 전황을 보고받고 수하들에게 지시를 내리고 있는 곳이었다.

"놓쳤다는 말인가?"

설매향이 스산한 눈빛을 흘리며 되묻자, 수하는 어쩔 줄을 몰랐다.

더듬거릴 뿐 아무런 변명도 하지 못하는 그를 일별하며 설매향이 시선을 돌려 창문 쪽을 향했다.

'설마 도주할 수 있으리라곤……'

이럴 줄 알았더라면 자신이 직접 가는 건데.

눈살을 찌푸리고 마는 설매향이었지만, 실상 그때로 다시 돌아간다고 해도 그는 그렇게 하지 않을 터다.

당연한 일이다.

제아무리 신병이기가 탐이 나고, 또 이를 마음대로 만

들어 낼 수 있는 이가 신기서생이라고는 하지만, 결코 그의 가치가 흑사련주 적무강이나, 흑도 제일의 두뇌이며 흑사련의 군사인 갈천성보다 높지는 않기 때문이었다.

그러니 다시 하루 전으로 돌아간다고 하더라도 그가 있을 곳은 적무강과 갈천성이 분기탱천해서 항거하고 있는 전장 속이 될 터였다.

그리고 그 결과가 바로 이것이었다.

흑사련 붕괴.

그러나 아직은 안심할 때가 아니다.

전격적인 기습으로 성공했지만, 여전히 잔당들은 남아 있었고, 뿐만 아니라 대륙 각지에 흑도인들 역시 잔존한 상황 아닌가.

따라서 그들을 완전히 제압, 혹은 멸살할 때까지는 끝난 것이 아닌 것이다.

'그건 그렇고…… 어째서 대공자는 모습을 드러내지 않는 것이지?'

원래대로라면 이번 작전에서 가장 선두에 섰어야 할 이가 바로 대공자였다.

한데 이상하게도 그는 약속한 시간에 나타나지 않았던 것이다.

'혹시 변고라도 있는 것인가?'

설매향의 눈동자가 살짝 흔들리는 순간이었다.

"군사께 아룁니다! 흑사련의 련주를 지하 뇌옥에 가두었고, 갈천성은 현재 의식불명 상태인지라 의당에 지시해서 상세를 살피도록 했습니다."

방 안으로 들어온 수하 한 명이 보고하는 소리에 설매향이 고개를 끄덕이고는 손을 휘휘 내저었다.

그 모습에 수하는 허리를 깊숙이 숙여 보이곤 방을 나갔다.

아니, 그러려는 순간이었다.

설매향의 음성이 그의 발걸음을 붙잡았다.

"진천쌍극 어르신께선 아직도 그곳에 계시더냐?"

머뭇거리던 수하가 입매를 일그러뜨리며 대답했다.

"……예."

분명 수하의 탓이 아니건만, 설매향의 눈동자에서 불길이 치솟았다.

뿐만 아니라 턱뼈가 불거지며 콧잔등이 씰룩거렸다.

분노를 삭이느라 그러는 것일 테지만, 이를 바라보는 수하들의 가슴에는 서늘한 바람이 불고 있었다.

그러길 한참여. 설매향이 자리를 박차고 일어나며 소리쳤다.

"앞장서라!"

저벅저벅.

문을 나서는 설매향의 뇌리에 세 노인, 우문락과 능군악 그리고 염수광의 얼굴이 스쳐 가고 있었다.

제40장
다 수가 있다니까!

바둑은 이미 종국으로 치닫고 있었다.

"쯧쯧! 그렇게 소탐대실할 때부터 내 알아봤다!"

우문락이 혀를 차자, 능군악이 신경질적인 목소리를 토해 냈다.

"그렇게 할 일이 없수?"

"클클클. 그럼 이놈아! 이 나이에 내가 할 일이 뭐가 있겠느냐?"

"아! 그렇다고 남이 바둑 두는데 딱 붙어서 그렇게 초를 팍팍 치셔야겠습니까?"

"누가? 내가? 언제 초를 쳤다는 게냐? 막내야, 너는 보았느냐? 남의 바둑판에 초를 팍팍 치는 사람을?"

염수광이 싱글거리며 대답했다.

"어디 말입니까? 에이, 사형께서도 다되셨나 봅니다. 헛것이 다 보이시니 말입니다."

"클클. 그러게 옛말 틀린 거 하나도 없다는 거 아니더냐. 늙으면 뒈져야 하는 거다. 노망나기 전에……."

"에잇, 씨앙! 안 해! 안 해! 안 해!"

결국 능군악이 폭발했다.

툇마루에서 벌떡 일어나며 바둑판을 휘딱 뒤집으려 했다.

하지만…….

바둑판은 뒤집힐 생각을 하지 않았다.

뿐만 아니라, 돌 하나 움쩍하지 않는 것이 아닌가.

"……?"

능군악이 눈을 껌벅이며 영문을 모르겠다는 얼굴을 하고 말았다.

그러다가 결국 그의 시선은 바둑판 한 귀퉁이를 가볍게 잡고 있는 두툼한 손 하나를 발견했다.

"헐!"

손을 따라 팔뚝을 기어 올라간 능군악의 눈길이 염수광의 싱글벙글거리는 얼굴을 발견하는 순간, 귓가로 들려온 것은 우문락의 기막히다는 헛웃음이었다.

이어진 것은 우문락의 한마디였다.

"이젠, 네가 막내한테 무공까지 밀리는가 보다."

불끈!

능군악의 얼굴이 삽시간에 붉게 달아올랐다.

동시에 그의 팔뚝에 힘줄이 돋았다.

그 순간 능군악의 손이 우악스럽게 바둑판을 움켜잡았다.

그러곤 있는 힘껏 내공을 불어넣었다.

우웅!

'이놈의 자슥! 내 사형의 위대함을 보여 주마!'

피식.

하지만 염수광은 옅은 미소로 응수할 뿐이었다.

그러면서 바둑판을 쥔 손에는 힘 하나 불어넣지 않곤 한 손으로 코를 긁으며 훌쩍거렸다.

그 모습이 어찌나 얄미운지, 능군악은 미칠 지경이었다.

그래서인지, 바둑판을 잡은 손으로 내공의 칠 할이 흘러들었다.

그 정도면 근방 오십 장을 폭발시키고도 남을 엄청난 위력을 지녔다.

우우우우우우웅!

내공으로 부풀어 오른 팔뚝이 부르르 떨리는 순간, 바둑판 위에 가득 차 있는 흰 돌과 검은 돌이 흔들리기 시작했다.

드르르르르르르르르르.

그러나 오래지 않아, 돌들이 안정을 찾아갔다.

그것을 본 능군악은 절로 눈이 휘둥그레지고 말았다.

그 원인이 어디에 있는지 잘 알고 있었기 때문이다.

'이…… 놈이! 대체 무얼 처먹었길래?'

수십 년간 사형제로 지내면서 단 한 번도 자신을 넘어서지 못했던 막내 아닌가?

당연히 죽는 날까지 막내인 염수광이 사형인 자기를 넘지 못할 것이라 여겼다.

한데…….

망신도 이런 망신이 없다.

'아, 안 돼!'

만일 여기서 밀리기라도 하면, 앞으로 막내에게 무시당하는 건 물론이고 사형인 우문락에게도 평생 놀림감이 되고 말 터다.

'크윽! 제, 제기랄!'

결국 능군악은 내공의 전부를 팔뚝에 밀어 넣었다.

드르르르르르르르르르르.

또다시 바둑판의 돌들이 흔들리기 시작했다.

하지만…….

어느새 안정을 찾더니, 돌들은 이내 아무 일도 없다는 듯 고요해졌다.

그 순간이었다.

"컥!"

능군악이 피를 토하며 앞으로 고꾸라졌다.

바로 그때 우문락이 달려들었다.

휙!

바람처럼 움직여 능군악의 신형을 바로 잡더니, 그대로 등에 장심을 갖다 붙였다.

그러곤 내공을 밀어 넣었다.

후우우우우웅!

잠시간 긴장된 시간이 흘러갔다.

그리고 얼마 뒤, 물러나며 우문락이 소매로 이마에 흐르는 땀을 훔쳤다.

"죄, 죄송합니다."

옆에서 사색이 된 얼굴로 지켜만 보던 염수광이 울 듯한 목소리로 말하고 있었다.

툭! 툭!

우문락이 염수광의 어깨를 두드렸다.

"녀석하곤…… 이게 어디 네 탓이더냐?"

곰처럼 커다란 덩치를 가진 막내 사제를 따스한 눈길로 바라보던 우문락이 천천히 시선을 돌려 고개를 숙이고 있던 능군악을 바라보았다.

정신을 차렸을 터다.

그럼에도 고개를 들지 못하고 있는 것은 다름이 아닐 것이다.

창피한 것이리라.

그 심정을 십분 이해하고도 남을 우문락이었다.

그가 막 입을 열라는 찰나였다.

"형님."

능군악이 먼저 그를 불렀다.

"말하거라."

"형님도 쉽지 않겠더이다."

"……?"

"아무래도 저놈이 기연을 만난 모양이오."

"그래서……?"

"뭐긴 뭐요?"

스윽.

고개를 쳐드는 능군악의 눈동자에 기이한 눈빛이 흘렀다.

"막내 실력이 형님쯤은 가볍게 넘어설 거 같다 이 말이지요!"

"뭐, 뭣이?"

울컥한 우문락이 자리를 박차고 일어나려다가 흠칫하더니 이내 다시 앉았다.

그러곤 실실 웃으며 자신의 사제를 바라보았다.

'제법이다만, 내가 넘어가겠느냐?'

격장지계.

사제의 속내를 훤히 들여다본 우문락이 옅은 미소를 지었다가 이내 지우며 말했다.

"청출어람이라 했느니. 막내가 저리된 것도 다 이 잘난 사형 덕이 아니겠더냐. 하하하하하하!"

"······사형이 사부요?"

"······."

할 말이 없어진 우문락의 귓가로 능군악의 음성이 다시 들려왔다.

한데 이번엔 염수광에게 묻고 있었다.

"광아."

"예, 사형."

"솔직히 말해 보거라."

"뭘 말입니까?"

"우리가 마지막으로 손을 섞은 게 언제지?"

"음…… 작년에 첫눈이 오던 날이었으니…… 일 년이 조금 안 됐는데요?"

"그치?"

"그, 그렇죠."

"근데 말이다."

"……."

"그동안 뭔 짓거리를 했기에, 공력이 그리 늘었느냐…… 그게 몹시 궁금하구나?"

"흠……."

염수광이 한 손으로 턱을 괴고 고민하는 척 했다.

그 순간이었다.

빡!

능군악이 염수광의 정수리를 있는 힘껏 후려쳤다.

"끅!"

능군악이 눈물을 찔끔 거리고 있을 때 염수광이 씨근덕 댔다.

"생각하는 척 하지 마!"

씩씩대며 그가 따져 물었다.

"너 우리 몰래 주워 먹었지!"

"뭐, 뭘 말입니까요!"

"뭐긴! 만년하수오라든가 공청석유라든가…… 여튼, 좋은 거 주워 먹은 거 아니냔 말이다!"

그 말에 억울해진 염수광이 펄쩍 뛰며 손사래를 치는데, 그때까지 가만히 듣고만 있던 우문락이 톡 끼어들었다.

"아이고, 사부님!"

갑자기 십 년도 전에 죽은 스승을 목 놓아 부르는 우문락을 능군악과 염수광이 어리둥절해서 쳐다보았다.

그러거나 말거나 우문락이 꺼이꺼이 울며 절규에 가까운 음성을 토해 냈다.

"콩 반쪽도 나눠 먹으라 하셨기에, 제자는 쌈짓돈까지 탈탈 털어서 사제들을 거둬 먹였건만…… 흑흑, 제자가 부덕하여 막내 놈은 배은망덕하게도 제 놈 입만 챙기고 사형들은 나 몰라하는 지경까지 이르고 말았나이다! 흑흑흑! 사부우우우우우우!"

어찌나 서럽게 우는지, 이를 지켜보던 능군악의 눈시울이 붉어지고 있었다.

어디 그뿐인가.

염수광의 눈가도 붉게 물들어 가긴 마찬가지.

다만, 그 의미가 사형들과 다를 뿐이었다.

결국 보다 못한 염수광이 길길이 뛰며 소리쳤다.

"아씨! 아니라니까요! 쥐꼬리만 월급에 무슨 수로 그런 영약들을 사 먹습니까!"

"흑흑. 틀림없이 우리 몰래 야산에 올라가 캐먹을 거야. 그치?"

"그렇죠, 형님. 저놈이라면 그러고도 남습니다요."

"아이씨! 아니라고 했잖수! 솔직히 일 년, 열 두달 사시사철 삼백육십오 일 스무네 시간 찰떡처럼 붙어 있는 마당에 무슨! 사형들 몰래 가긴 어딜 갑니까? 그리고 말이 나왔으니 말이지! 형님들 빨래하고, 밥 차리고, 물 떠오고……."

말하다 보니 괜히 서러워지고 목이 메어 오는 염수광이었다.

다 늙은 나이에 훌쩍거리기 시작하는 염수광을 두 사람이 쳐다보다가 서로 간에 시선을 교환했다.

'하긴, 저놈에게 그럴 시간이나 있었나?'

'그래도 혹시 모르잖수? 우리 몰래 숨겨 놓은 돈이라도 있어서…….'

'아니다. 저놈 성격은 내가 잘 알지. 암, 저 곰 같은 놈이 그런 꼼수를 쓸 수 있을 턱이 없지.'

'그럼?'

'그걸 모르겠다는 거 아니냐?'

눈빛만으로 의견을 교환하던 두 사람이 거의 동시에 염수광을 왈칵 껴안았다.

"광아아아아아!"

"혀, 형니이이이임!"

눈물의 상봉 끝에 우문락이 물었다.

"그래서 뭘 처먹은 거냐?"

"딸꾹!"

세사람의 눈동자가 허공에 한데 얽혔다.

침묵은 잠시뿐이었다.

"일단 맞고 시작……."

우문락이 소매를 걷으며 앞으로 나서기 무섭게 염수광이 소리쳤다.

"먹긴 뭘 먹습니까!"

"이게 아직도!"

능군악이 합세하자, 염수광은 깨달았다.

'이대로라면 힘에서 밀린다!'

아무리 공력이 높아졌다 한들, 두 명이 덤벼들면 필패!

평소 잘 돌아가지 않던 염수광의 머리가 팽팽 돌아가기 시작했다.

동시에 본능적으로 두 손을 들어 머리를 감쌌다.

그리고 주저앉아서 소리쳤다.

"소제를 믿어 주시오! 정말 아무것도 먹은 게 없다니까요!"

하지만 소용없었다.

부아가 치민 두 사람의 주먹이 날아들었다.

퍼퍼퍼퍼퍼퍽!

"끄아아아악!"

몰매에 장사 없다.

염수광은 공력을 일으켜 몸을 보호했지만, 두 사형들이라고 맨손으로 때리는 우를 범하지 않았다.

우우우우우우웅!

시퍼런 강기로 뒤덮인 주먹으로 사정없이 사제를 후려패는 두 사람이었던 것이다.

그렇게 얼마나 맞았을까.

시간이 아무리 지나도 지치지 않는 두 사람에 비해 갈수록 기력이 쇠해지던 염수광이 헛소리를 늘어놓기 시작했다.

"몰라! 처먹었수다! 둘째 형이 숨겨 놓았던 만두도 내가 처먹었고, 첫째 형이 감춰 놓았던 엿을 처먹은 것도 나요!"

"이눔의 자슥이!"

"내 그럴 줄 알았다!"

본말전도!

이제는 이번 일이 어째서 일어났는지는 중요치 않았다.

그저 때리는 자들과 처맞는 자만이 있을 뿐이었다.

그렇게 한참을 후드려 맞던 염수광의 입에서 뜻밖의 얘기가 튀어나왔다.

"저, 절대무쌍!"

"……?"

"별! 아직도 네가 제정신이 아니구나!"

"아씨! 그게 아니라!"

젖먹던 힘까지 몽땅 뽑아서 사형들의 주먹을 뿌리치곤 염수광이 씩씩거렸다.

"절대무쌍 말이오!"

"응?"

"……그게 무슨 말이냐?"

"아, 늙으니까 귓구멍이 막히셨소들?"

"이 망할 것이! 아직도 네가 덜 맞았구나!"

"때리쇼! 그러다가 하나밖에 없는 막내가 골로 가면 지하에 계신 사부께서 퍽이나 좋아하시겠수다!"

"큼…….'

그제야 멋쩍은 표정을 짓는 두 사형을 염수광이 시퍼런 눈빛을 줄기줄기 흘리며 째려보았다.

그러다가 뭔가 떠올랐는지 얼른 말했다.

"아, 그러니까 말이오. 절대무쌍!"

"그러니까, 그게 뭐 어쨌다는 거냐?"

다소 누그러진 음성으로 능군악이 묻자, 염수광이 가슴을 쭉 펴고 말했다.

"절대무쌍에 적힌 무공 몇 가지를 연마했는데……."

"그랬는데?"

"그 뒤로 공력이 높아졌……."

"오오오오옷!"

"그 말이 사실이렷다!"

두 사형의 눈동자에 광기가 터져 나왔다.

그 모습에 기겁한 염수광이 침을 꿀떡 삼키며 주춤주춤 뒤로 물러섰을 때였다.

저벅저벅.

사립문 너머로 누군가의 발소리가 들려오고 있었다.

순식간에 눈빛이 변한 세 사람의 시선이 확하고 돌아갔다.

그 시선의 끝자락에 한 사람의 얼굴이 모습을 드러냈다.

곱상한 얼굴…… 설매향이었다.

"격조하였습니다."

어느새 사립문 앞으로 다가온 설매향이 세 사람의 얼굴을 확인하며 먼저 인사를 건네 왔다.

"큼. 무슨 소리던가? 우리야 죄가 있어서 이렇게 묶여 있었던 것인데……."

이미 흑사련이 정도맹의 손아귀에 떨어진 것을 알고 있던 우문락이었다.

그럼에도 자신들의 처소에서 한 발짝도 나가지 않았던 데엔 다 까닭이 있었다.

이곳에 온 뒤로 택중을 비롯해 흑사련의 인물들과 인연을 맺으면서 흑도인들이 자신들의 생각과 달리 사악하지만은 않다는 걸 알았기 때문이기도 했지만, 진정한 이유는 따로 있었다.

약조.

"운곡신룡(雲谷神龍)께서 돌아가신 지 벌써 한 해가 지났습니다. 듣기로 그분께서 따로 유진을 남기셨다고 들었는데, 우리 정도맹이 도움을 드리겠습니다."

"하면 우린 어찌하면 되겠소?"

"맹의 정보력을 동원한다면 얼마 걸리지 않을 겁니다. 그러니……."

"호법이라도 되라는 말이오?"

"그렇게 하시면야 더없이 좋습지요."

"……."

"정히 못 미더우시다면…… 저희 사부님과 한 번 만나 보시는 게 어떠실런지요?"

"흠……."

"좋은 게 좋은 거 아니겠습니까?"

그때는 몰랐었다.

너무나 간단히 말하기에 그저 얼굴이나 한번 보자는 심산으로 정도맹주를 만났었겠만…….

그 결과 맹주와 수십 합을 겨루어 지고 말았다.

덕분에 꼼짝없이 맹주의 수하 아닌 수하가 되었다.

당시 고개 숙인 채 망연자실하는 자신을 바라보며 빙그레 웃던 얼굴을 아직도 잊지 못한다.

'단목원!'

그렇게 그때의 약조로 인해 정도맹에 묶인 신세가 되고 말았던 그들이었다.

그러던 것이 이번에 흑사련에 잡혀 와 지내면서 생각을 달리하게 된 터였다.

'사부의 염원은 이런 것이 아니었을 것이다!'

흑사련의 한구석에 몸은 갇혀 있으되 오히려 마음은 자유로워지자, 모든 문제를 처음부터 다시 생각하게 되면서 생긴 일이었다.

그렇게 해서 그들 사형제들은 한 가지 결론에 도달할 수 있었다.

그리고 그것은 이처럼 '움직이지 않는다'는 행동으로 귀결되었다.

한데 지금 정도맹의 젊은 군사가 찾아온 것이다.

"무슨 일로 찾아온지는 모르나, 일없네."

다짜고짜 축객령을 내리는 우문락이었지만, 설매향의 표정엔 변화가 없었다.

여전히 안온한 얼굴이었다.

그 모습이 어쩐지 얄밉게만 느껴진 능군악이 눈꼬리를 씰룩거리며 되바라진 음성을 토해 냈다.

"천하의 반을 마저 처먹으면 할 일도 많을 터. 얼른 가서 일이나 하시게."

홱하고 돌아서는 그를 설매향이 은근한 눈빛으로 보다가 입꼬리를 살짝 끌어 올렸다.

서로 얼굴을 마주하고 있었기에 이를 보기 싫어도 볼 수밖에 없었던 우문락의 눈빛이 변한 것도 그때였다.

'이놈 봐라?'

뭔가 기책을 가지고 찾아왔음이 틀림없다.

하긴, 꽤 젊은 나이임에도 천하를 반분하는 거대 단체의 군사 자리에 올라 있는 자이니 머리 하나는 기가 막히게 좋은 거야 당연지사일 터. 문제는 왜 그런 머리를 이 쓸모없는 늙은이들을 위해 사용하는가인데…….

'흥! 어차피 또 호법이나 서라는 얘기겠지.'

눈살을 찌푸리고 마는 우문락의 귓가로 다소 엉뚱한 이름 한자가 빨려 들었다.

"고택중."

"……?"

"신기서생이라고 합지요, 아마?"

"그놈이 왜?"

"글쎄요. 왜일까요?"

피식하고 웃는 설매향의 눈동자 속에서 차가운 한기가 솟구치는 걸 우문락은 볼 수 있었다.

그때를 놓치지 않고 설매향이 마저 말했다.

"소식은 들으셨겠지요?"

"뭘 말이냐?"

"운곡신룡께서 남기진 유진이 발견되었다는 보고가 올라왔습니다."

"……!"

"······!"

"······!"

뒤돌아서 저만치 걸어가고 있던 능군악의 걸음이 멈추고, 부은 눈두덩을 주물거리고 있던 염수광의 손이 동작을 그쳤다.

우문락이 휘둥그레진 눈을 한 채 되물었다.

"그 말······."

"······."

"사실이렸다?"

설매향이 옅은 미소를 머금으며 천천히 대답했다.

"어느 안전이라고 헛소리를 하겠습니까?"

*　　　*　　　*

택중이 앞장서고 그 뒤를 은설란과 무치가 따라붙었다.

그 상태로 배에 오른 그들은 재빨리 노를 저어 강변을 떠나갔다.

그런 그들을 막는 이들은 없었다.

그토록 엄중히 감시하던 자들은 모조리 정신을 잃은 채 땅바닥에 누워 있었기 때문이다.

당연히 택중의 공격을 받은 탓이었다.

그렇게 나룻터를 떠난 배는 한참 만에 강을 건너갔다.

다행히 그들을 막는 자들은 없었다.

아마도 설매향에게 전서구 하나 띄울 만한 자가 없었던 까닭일터다.

어쨌든 무사히 도강한 일행은 배가 강변에 닿기 무섭게 뛰어올라 수풀 속으로 몸을 숨겼다.

그리고 뒤 한번 돌아보지 않고 내달리기 시작했다.

일단은 몸을 빼고 보자는 심산이었다.

얼마나 달렸을까.

공력을 일으켜 발을 놀리는 사이 바람과 함께 풍경이 빠르게 바뀌고 있었다.

"헉헉헉!"

전력으로 달렸기에 악양에 다다랐을 무렵, 그들은 숨이 턱까지 차다 못해 심장이 입 밖으로 튀어나올 지경이었다.

잠시 숨을 고른 뒤 택중이 말했다.

"아직 밤이 깊지 않으니 도성으로 들어가는 건 어려운 일이 아닐 겁니다."

"그렇긴 하지만……."

은설란이 머뭇거리며 말을 받았다.

"아무래도 정도맹에서도 삼엄한 감시를 펴지 않을까요?"

"그렇겠죠. 그래도 틈이 있을 거예요."

택중이 미소를 잃지 않으며 말을 이어 가고 있었다.

"밥이란 게 뜸을 잘 들여야 하는 건데, 그게 또 좀처럼 쉽지 않은 법이죠."

"예?"

"그런 게 있어요."

택중은 씩 웃으며 돌아섰다.

'누가 뭐래도 이 시대는 황제가 다스리던 때. 제아무리 잘났어도 결국은 무인 나부랭이! 관부와 결착되어 있다손 치더라도 다 통하게 되어 있단 거지!'

나름의 생각이 있음인지, 택중은 자신만만한 표정을 지어 보였다.

얼마 뒤 성으로 이어지는 관로로 발을 들이기 전 그는 농가에 숨어들었다.

획획획!

뒷마당에 널려 있던 옷가지들을 바람처럼 빠르게 걷어 온 택중이 은설란과 무치에게 옷들을 건넸다.

눈을 깜빡이고 있는 일행에게 택중이 채근했다.

"뭐해요? 얼른 안 갈아입고?"

그러면서 바지를 쑥 내리는 게 아닌가.

깜짝 놀란 은설란이 비명을 내지르려는 순간이었다.

"헙!"

택중이 잽싸게 손을 뻗어 그녀의 입을 틀어막으며 속닥였다.

"미쳤어요!"

"……."

"무 대주! 저쪽으로 가죠."

그가 은설란은 수풀 안에 남겨 놓고 뒤쪽으로 향했다.

그 뒤를 무치가 뒤쫓았다.

*　　　*　　　*

아마도 떨리는 모양이었다.

택중은 자신의 손을 살며시 쥐어 오는 은설란의 손을 뿌리치지 않았다.

대신 힘 있게 쥐어 주곤 고개를 살짝 끄덕였다.

그제야 은설란이 굳은 표정을 지울 수 있었다.

그럼에도 얼굴은 여전히 상기되어 있었다.

반면에 무치의 표정은 언제나와 다르지 않았다.

하긴, 무뚝뚝한 무인의 표상인 그가 언제는 표정이 달랐던가.

"역시!"

성문 앞에 늘어선 사람들을 보면서 택중이 고개를 끄덕이자, 은설란이 의아해져서 물었다.

"문제가 있나요?"

"아뇨."

"그럼?"

"저길 좀 보세요."

택중이 가리킨 방향으로 시선을 돌린 은설란과 무치는 처음에 그가 무얼 말하려 하는지 알아채지 못했다.

하지만, 얼마 지나지 않아 그들은 알 수 있었다.

성문 앞에는 서너 명의 관군들이 사람들을 통제하고 있었는데, 그 와중에 또 몇 명의 무인들이 서성이는 게 보였던 것이다.

이마에 둘러쓴 띠를 보건대, 정도맹의 무인들임에 틀림없었다.

그렇다는 건, 자칫하면 성안으로 발을 들이기도 전에 발각되어 다시 군산으로 끌려갈 참이다.

그러나 이제 택중은 물론 은설란과 무치는 조금도 걱정하지 않고 있었다.

"어쩐지 관군들과 사이가 별론가 보네요?"

"당연한 일인 겁니다."

"……?"

"관군들이야 여기 출신들이거나 그게 아니라도 오랫동안 이곳에 머물던 자들인데 비해, 정도맹의 무사들은 아닐 테니까요."

"어째서죠? 여기도 정도맹의 무사들은…… 아!"

"그런 거죠. 여기가 군산 바로 앞 그러니까 흑사련의 본거지나 다름없다는 게 문제죠. 다시 말해서 관부 입장에서 보자면 정도맹은 철저히 타지 놈들인 겁니다. 뭐랄까, 일종의 텃세인 셈이죠."

아닌 게 아니라 정도맹의 무사들은 성을 드나드는 자들의 얼굴을 제대로 확인하지도 못하고 있었다.

뭔가 수상한 낌새가 있다 싶어서 조금이라도 앞으로 나서려 하면 관군들이 인상을 썼던 것이다.

그걸 보면서 빙그레 웃던 택중이 툭하고 내뱉었다.

"쯧쯧. 그러니까, 쓸 땐 좀 제대로 쓰라니까."

"뭘 말이죠?"

"무슨 일이든 매끄럽게 만들려면 적당히 약 좀 쳐야 한다는 얘기죠."

"약이요? 아! 뇌물 말인가요?"

"빙고!"

"비, 빙? 고?"

"맞았다고요."

"……그럼 정도맹에서 악양성주에게 뇌물을 먹이지 않았다는 얘기……."

"아뇨. 악양성주에겐 먹였겠죠."

"그럼 문제가 없잖아요?"

"흐흐흐. 보다시피 문제가 있잖아요?"

택중이 어딘지 모르게 음흉한 눈초리로 성문 쪽을 바라보자 은설란과 무치는 절로 시선을 돌리고 말았다.

과연 그의 말처럼 정도맹의 무사들은 아무런 힘도 쓰지 못하고 있었다.

저게 문제가 아니면 뭐란 말인가.

은설란이 까닭을 몰라 고개를 갸웃하고 있을 때였다.

택중이 앞으로 나서며 말했다.

"보면 압니다."

씨익 웃으며 걸음을 내딛는 그였다.

"어, 어쩔려구요!"

아무리 관군에게 밀려서 아무런 힘도 쓰지 못하고 있는 정도맹 무사들이라지만, 이렇게 버젓이 나아가도 되는 건지 도무지 이해가 되지 않는 은설란이었다.

그러든가 말든가 택중은 그저 앞으로 나아갈 뿐이었다.

그렇게 일행이 말릴 새도 없이 성문에 이른 택중. 그를 발견한 정도맹의 무사들이 눈을 빛내는 찰나였다.

"호패."

관군 하나가 창대로 택중을 가로막으며 외쳤다.

택중은 품속을 뒤지며 중얼거렸다.

"호패라…… 여기 어디 있을 텐데…… 아! 여기 있다!"

허리춤에서 나무로 만든 호패를 꺼내 내미는 택중이었다.

그때 호패를 받아 들던 관군의 눈이 화등잔만큼 커졌다.

택중이 고개를 슬쩍 앞으로 내밀며 관군의 귓가에 대고 속삭였다.

"작은 성의입니다. 동료 분들이랑 술이라도 한잔하시죠."

무슨 일인가 싶어서 관군 두 명이 다가오자, 택중을 가로막았던 관군이 헛기침을 해 댔다.

"큼, 별일 아니네."

그러면서도 택중의 호패 아래쪽에서 덜렁거리고 있는 전낭을 낚아채 동료들에게 은근슬쩍 보여 주는 게 아닌가.

그들의 눈이 빛나고 있었다.

씨가 먹혔다는 걸 알아차린 택중이 이참에 쐐기를 박았다.

품에서 또 다른 전낭을 하나 꺼낸 그가 관군에게 내밀

며 다시 속삭였다.

"황금 만 냥입니다."

"마, 마, 마, 만…… 냥!"

관군들의 눈이 휘둥그레졌다.

그리고 눈동자에 금빛을 번들거리며 침을 삼키는 그들이었다.

택중이 소근거렸다.

"제가 악양 땅이 처음이지 뭡니까? 한데, 오다 보니까 칼 든 자들이 꽤 많이 보이더란 말이죠. 뭐, 저한테도 호위무사들이 둘이나 있지만, 아무래도 불안해서 말입니다."

황금 만 냥짜리 전낭을 위로 던졌다 받길 반복하며 그가 중얼거렸지만 관군들의 귀에는 제대로 들릴 턱이 없었다.

그저 그들의 관심은 오직 전낭에만 가 있을 뿐이었다.

꿀꺽.

다시 한 번 침을 삼키는 그들을 향해 택중이 말했다.

"다행히 제가 가진 게 돈밖에 없어서 말입니다요."

"꿀꺽!"

"신화전장까지 가야 하는데, 좀 더 안전하게 갈 방법이 없을지…… 나으리들께서 도와주신다면……."

휙!

전낭이 하늘을 날았다.

툭!

저도 모르게 전낭을 받아 든 관군의 귓가로 택중의 음성이 빨려 들었다.

"그곳에 도착하면 이까짓 거야 그저 약주값밖에 더 되겠습니까?"

관군들의 입이 떡 벌어지는 순간이었다.

그런 그들을 의미심장한 눈으로 바라보던 택중이 슬쩍 시선을 돌려 정도맹의 무사들을 보았다.

택중을 보면서 흑사련 쪽 인물인지 어떤지 긴가민가 싶어 하는 정도맹의 무사들이었지만 함부로 앞으로 나서지 못한 채 눈만 빛내고 있을 뿐이었다.

그들을 보면서 택중이 피식 웃었다.

'돈은 쓰라고 버는 거라네.'

그리고…….

'이왕지사 쓸 거면 화끈하게 쓰는 거라지!'

또한 어차피 몰래 도망가기 어렵다면 대놓고 관군의 힘을 빌리는 게 훨씬 나을 터였다.

그러다가 정도맹에게 들키면 그땐 그때대로 방법이 있었다.

꾹!

'확 그냥! 다 쓸어버리면 되는 거지!'

다시 한 번 음흉하게 웃는 택중이었다.

       *   *   *

기가 막혀서 말도 안 나오는 은설란이었다.

자신들이 지금 도주를 하고 있는 중인지, 아니면 호화로운 여행을 하고 있는 건지 도무지 분간이 가지 않았었던 것이다.

그럴 수밖에.

다른 건 그렇다치고, 당장에 그들이 지금 머물고 있는 곳이…….

'어떻게 이럴 수가 있는 거지?'

성주, 그러니까 악양의 부윤이 머물고 있는 관사였던 것이다.

뿐만 아니라…….

"허허허! 고 대인께선 참으로 화통하시구려."

악양 부윤 유순(俞洵)과 함께 저녁식사를 하고 있는 중이었다.

"별말씀을요. 그저 황제폐하의 신민으로서 나라를 위해

밤낮으로 애쓰시는 분께 작으나마 위로가 되기만 바랄 뿐입지요."

넉살 좋게 말하고 있는 택중으로 인해 어안이 벙벙한 것은 은설란만이 아니었다.

'혈! 일이만 냥도 아니고…….'

제아무리 경제관념이 희박한 무치라지만, 이번만큼은 혀를 내두르지 않을 수 없었다.

당연한 반응이었다.

오십만 냥!

신화전장에 맡겨 두었던 돈을 모조리 찾더니 그중에 사분의 일을 턱하니 부윤에게 투척해 버리는 배포라니!

'휴우!'

배포는 그렇다치더라도, 확실히 효과는 좋았다.

관군들에게도 약속한대로 오만 냥의 돈을 뿌렸기에 확실히 호위를 받으며 이곳까지 올 수 있었고, 또 부윤에게도 제대로 약을 쳤으니 한동안 정도맹의 추격 따윈 걱정하지 않아도 될 터였다.

그렇다곤 하지만…….

'계속 이곳에 있을 수도 없고, 앞으로 어쩌려는 걸까?'

은설란은 물론 무치 역시 아직은 걱정이 앞서고 있었던 것이다.

반면 택중은 나름의 계산이 서 있었다.

'크크크. 돈이면 귀신도 부린다는 거지!'

그가 아무리 돈이면 사족을 못 쓰는 위인이라지만, 목숨이 왔다 갔다 하는 판국에 앞뒤 분간 못할 만큼 천치는 아니다.

그랬다면 애초에 굶어 죽고 말았을 거다.

땡전 한 푼 없는 고아가 되어 겨우 스무 살 남짓한 나이에 집을 살 만큼 자수성가를 이룬 데엔 다 이유가 있는 법. 택중은 은근한 눈빛을 흘리며 부윤 유순을 대하고 있었다.

그때부터 술잔이 오가며 많은 얘기가 오갔다.

대부분이 시덥잖은 얘기들이었기에, 처음에는 관심을 가지고 듣고 있던 은설란과 무치는 점점 지쳐 가고 있었다.

긴장 속에서 군산을 빠져나온 그들이었기에, 여기 와서 안심하고 보니 급속히 몸이 무거워지고 말았던 것이다.

그저 빨리 처소로 가서 몸을 뉘이고만 싶었다.

하지만, 택중은 그들의 마음 따윈 신경 쓰지 않았다.

연신 호탕하게 웃으며 부윤 유순과 담소를 나누고 있을 뿐이었다.

그러다보니 은설란과 무치는 갈수록 뒷전으로 물러나고

있었다. 한마디로 꿰다 놓은 보릿자루 신세였다.

반면 택중은 부윤 유순과 술잔을 나누면 나눌수록 이상하게 의기투합하더니 나중에는 아예 호형호제하는 경지에 이르고 있었다.

'헐! 나이차가 얼만데!'

무치가 기가 막혀서 입을 쩍 벌리고 있을 때 택중이 부윤 유순에게 말했다.

"형님! 실은 말입니다. 저희 가문이 가진 게 돈밖에 없어서 말입니다."

"호오! 과연! 내 감이 아직은 녹슬지 않았나 보구만! 음하하하하! 자자, 일단 한잔 하면서 얘기를 나눔세!"

다시 한 차례 술잔이 오가고, 택중이 다시 말했다.

"제가 오늘 형님을 만나서 그동안 마음속에 담아 두고만 있던 바를 말씀 드리게 되는군요."

"으하하하하! 뭐든지 말씀하시게. 이 우형이 힘닿는 데까지 도움세."

"아이고, 형님! 말씀을 듣는 것만으로도 소제는 든든하기 그지없습니다요!"

다시 한 번 웃음소리가 대청을 울리고 난 뒤, 택중이 본론을 꺼내 들었다.

"제가 말씀드렸던가요? 대대로 저희 가문은 세상과 담

쌓고 살아왔습니다."

"호오, 그랬던가?"

"휴우!"

말하다 말고 한숨을 내쉬는 택중을 유순이 이상하다는 듯 쳐다보았다.

뒤쪽에서는 은설란이 기가 막히다는 표정을 지우지 못한 채 택중을 보고 있을 때, 택중이 쓸쓸한 음성을 토해 냈다.

"사내로 태어났으되 좁은 울타리에 갇혀 하늘만 보고 살았습니다."

한마디로 뜻한 바가 있으나 가법에 묶여 세상에 나서지 못했다는 얘기. 뭔가 알 듯도 싶어서 유순이 고개를 끄덕였다.

그 얼굴을 살피며 택중이 조심스럽게 말했다.

"어릴 때야 관직에 들어 천하만민을 살피는 관료가 되는 게 꿈이었습니다만, 이제 이렇게 나이가 들고 보니, 너무 늦은 게 아닌가 싶어 안타까운 마음뿐입니다."

"허허! 늦긴 뭐가 늦었단 말인가! 자네 뜻이 정 그렇다면 이 우형이 뒤를 봐줄 수도 있음일세!"

세상이 골백 번 뒤바뀌어도 바뀌지 않는 게 하나 있다.

돈이면 안 되는 일이 없는 거다.

물론 여기서 '돈'이라는 건 일이 푼을 말하는 게 아니다.

세상을 들었다 놓을 만큼의 거금을 말하는 것이다.

그리고 택중에게는 실제로 그만한 자금력이 있었다.

그러다 보니, 은연중에 그에게서는 그런 자신감이 물씬 풍기고 있었다.

그래서인지 유순은 택중을 꽤 높게 평가하고 있었다.

그도 그런 것이, 정계에서 출세를 하려면 뇌물이 적잖이 드는 법인데, 택중과 같은 자와 친해진다면 앞으로 많은 도움이 될 것이라 여긴 것이다.

한데, 여기서 한 걸음 더 나아가 이번 기회에 택중에게 큰 도움을 주게 된다면 어떤 의미로는 빚을 지우는 셈이므로 조금도 밑지는 장사가 아니란 얘기다.

유순이 나름의 계산을 끝내고 진지한 어투로 외치는 걸 보면서 택중이 '다 됐다!'는 눈빛을 흘렸다.

"아닙니다. 장강의 물결도 선후가 있음이온데, 다 늦은 나이에 관료가 된들 후학들의 미래만 빼앗는 꼴이 되옵지요. 해서 말씀이온데……."

"……?"

"실은, 이번에 제가 상단을 하나 꾸리려고 하는데 말입니다."

"호오! 그건 또 그것대로 괜찮은 생각이군, 그래! 자네라면 능히 천금을 다룰 수 있을 터이네!"

"하하하하! 그렇게 말씀해 주시니, 그저 송구할 뿐입니다."

잠시 쉬어 간다는 듯, 택중이 술잔을 높이 들어 올렸다. 시원스레 술잔을 비운 뒤 그가 나직하게 말했다.

"원래는 북경에서 자리를 잡을까 했습니다만……."

순간 유순의 안색이 살짝 어두워지는 걸 보면서 택중이 말을 흐렸다.

하지만 곧이어 다시 말했다.

"한데 어쩌다 보니 악양에 들리게 되었지 뭡니까! 아무래도 뭔가 인연이라는 게 있어서 하늘이 저를 이곳으로 이끈 게 아닌가 싶습니다."

"하하하하! 그렇지! 그런 거지! 인연이라는 게 뭐던가! 이렇게 오다가다 만났어도 뜻이 통하고 서로의 마음을 나눌 수 있으면 그게 바로 인연인 게지!"

"그렇지요! 그래서 드리는 말씀인데, 모쪼록 이곳에서 자리를 잡을 수 있도록 도와주시길 청하는 바입니다."

"껄껄껄껄! 동생은 아무런 걱정도 하지 마시게. 이 우형이 힘닿는 데까지 도와줌세. 자자, 밤도 긴데 뭐하고 계신 건가! 술이나 나누도록 하세나!"

신명이 났는지 연신 웃음을 터뜨리며 술잔을 채우기 무섭게 비우고 있는 유순이었다.

그렇게 시간이 흘러 자정이 넘어서야 술판은 끝났다.

그나마도 유순이 완전히 취해서 쓰러지지 않았더라면 정말 밤을 지샜을지도 모를 일이었다.

"아이고, 머리가 다 아프네."

택중이 어지러운지 비틀거리며 복도를 걷고 있었다.

그 뒤에 바짝 붙어서 따라오던 은설란이 주위를 둘러보며 나직한 목소리로 물어 왔다.

"정말 상단을 꾸릴 거예요?"

"에이, 설마요."

"그럼 아깐 왜?"

"그야……."

피식.

걸음을 멈춘 택중이 취기로 가득한 눈을 돌려 은설란을 보았다.

"걱정되세요?"

"아니, 그런 게 아니라……."

"아무 걱정 마세요."

"……."

"다 수가 있다니까 그러네요."

자신만만하게 웃고 있는 택중을 어디까지 믿어야 할지 도통 감이 잡히지 않아서, 은설란은 살짝 불안해지고 말았다.

하지만, 그런 그녀는 조금도 개의치 않고 택중이 90년대 가요를 흥얼거리며 다시금 걸음을 내딛기 시작했다.

"사랑이 떠나가— 네!"

군산 탈출 하루 만에 이상한 쪽으로 급물살을 타기 시작하고 있었다.

제41장
준비하다

그그그긍.

어둠 속에서 들려온 것은 육중한 굉음이었다.

동시에 먼지가 피어올랐다.

뿌연 연기와 같이 자욱하게 피어난 먼지로 인해 안 그래도 어두웠던 동굴 안은 이제 한 치 앞도 보이지 않게 되고 말았다.

쿵!

천장과 바닥에 난 홈을 긁으며 열리던 석문이 완전히 열린 것인지 꽤 큰 소리를 내는 순간이었다.

저벅.

무거운 발소리가 동굴을 울렸다.

저벅저벅.

짙은 어둠과 뿌연 먼지가 뒤섞인 동굴 안을 한 명의 사내가 걸어 나오고 있었다.

저벅저벅.

이윽고 동굴을 완전히 빠져나온 사내가 입구에 선 채 하늘을 올려다보았다.

산마루에 걸쳐 있던 해가 삐죽 솟으며 동이 텄다.

그 덕에 지금이 아침이란 걸 알게 된 사내는 헝크러진 채 아무렇게나 나부끼고 있는 머리칼 사이로 드러난 눈으로 자신의 몰골을 살폈다.

저벅저벅.

산 아래로 가지 않고 방향을 꺾는 사내였다.

잠시 후 폭포가 수면을 때리는 소리와 함께 모습을 드러낸 것은 다름 아닌 연못이었다.

그곳에 이르러 입고 있던 낡은 옷을 모조리 벗어 낸 사내는 거침없이 몸을 날렸다.

풍덩!

연못으로 빨려 들듯 사라진 신형은 좀처럼 떠오르지 않았다.

누군가 이곳에 있었더라면 사내에게 아무래도 변고가 생긴 게 아닌가 걱정할 만한 시간이 훌쩍 지나고 난 뒤,

물방울을 튕기며 머리 하나가 솟구쳤다.

촤악!

맑은 물이 머리칼을 쓸어 가며 드러낸 것은 백옥처럼 하얀 얼굴이었다.

단목원, 그였다.

슈악 슈아아아악.

물살을 가르며 연못을 헤쳐 나온 그가 근육으로 뒤덮인 몸을 드러냈다.

어깨까지 사라졌던 오른팔은…….

거짓말처럼 그곳에 있었다.

어찌 된 영문일까.

일전에 택중과의 싸움으로 인해 잃었던 팔이거늘.

우둑 우두둑.

온몸의 관절을 꺾어 몸을 부드럽게 만들며 단목원이 고개를 쳐들었다.

하늘을 더없이 맑았다.

눈을 감고 깊게 숨을 들이쉰 단목원이 가뿐한 걸음으로 그곳을 떠났다.

그리고 풀벌레 소리 하나 없이 고요한 상태가 된 연못가는…….

스르르르륵.

연못의 수면으로 손가락만 한 길이의 물고기 한 마리가 떠올랐다.

한데, 죽은 것인지 미동도 하지 않았다.

아니, 아예 옆으로 누운 채 두둥실 떠다니고 있었다.

뿐만 아니었다.

스르륵 스르르르르륵.

여기저기서 수없이 많은 물고기들이 떠오르기 시작했다.

한결같이 죽어 있었고, 어딘지 모르게 검은빛으로 물들어 있었다.

그리고 언젠가부터 연못가에 악취가 풍겨 나고 있었다.

*   *   *

정도맹.

대륙을 양분하는 거대 무력 단체이며 이제는 흑사련의 본거지인 군산까지 손에 넣어 사실상 중원을 발아래 둔 절대 세력이다.

다시 말해 마교를 제외하고는 하늘 아래 그들을 당적할 무단은 어디에도 없다고 보는 게 맞을 터였다.

대대로 정도의 연합체가 무창이나 무한에 터를 잡은 데

비해 정도맹은 특이하게도 하남성 개봉에 본단을 두고 있었다.

이유는 간단했다.

당금 정도맹주인 천도신군(天刀神君) 백리강(百里鋼)이 개봉 출신이었기 때문이다.

애당초 정도맹이 세워질 무렵인 삼십여 년 전 개봉에 성을 세운 것은 오로지 백리강을 위해서였으니 이상할 것도 없는 일이다.

그만큼 백도의 무인들에게 있어서 백리강은 존경해 마지않을 무인이었다.

한자루 도로 중원을 발아래 둔 절대 강자이면서 또 한편으론 강철같은 의지로 사마외도들의 준동을 일거에 잠재운 거인이었다.

그러니 그가 스스로 머물 곳을 어디로 정하든 그게 무슨 상관일까.

그저 그가 몸을 뉘이고자 하는 곳에 성벽을 쌓았을 뿐이고, 그곳이 바로 정도맹이 되었을 따름이다.

한마디로 백리강은 살아 있는 신화였던 셈이다.

따라서 개봉은 언제나 활기가 넘쳤다.

원래부터도 옛 왕국의 수도로 번영을 구가하길 몇 차례나 거듭하던 고도가 바로 개봉이었는데, 근자에는 천하를

주름잡는 정도맹이 터를 잡고 있으니 발전하지 않을래야
않을 수가 없었다.

그리고 그 번영의 불꽃은 갈수록 더해졌으면 더해졌지,
한동안 꺼질 기미가 보이지 않고 있었다.

아니, 어제 오늘 연이어 들려오는 소식에 의하면 앞으
로 더더욱 발전일로를 거듭할 게 틀림없었다.

흑사련 괴멸.

소문의 주역은 당연히 정도맹이었다.

정확히는 정도맹의 군사인 설매향의 주도하에 전격적으
로 이루어 낸 성과였지만, 개봉에 사는 이들에게는 그런
건 아무래도 좋았다.

그저 정도맹이 마침내 흑사련을 꺾고 천하를 집어삼켰
다는 것만이 중요할 따름이었다.

여하튼 지금의 개봉은 한창 잔치 분위기였다.

저잣거리는 온통 군산으로부터 속속 전해 오는 소식에
떠들썩했고, 주루마다 넘쳐나는 소식은 온통 정도맹의 승
전보였다.

뿐만 아니라 중원 각지에서도 정도맹의 기세는 보통이
아니었다.

흑사련의 분타들은 패전을 거듭해 사천 쪽으로 쫓기고 있는 형국이었고, 구심점을 잃은 흑도방파들은 하루아침에 괴멸되어 먼지처럼 사라지고 있었다.

그런 소식이 개봉을 송두리째 흔드는 가운데, 정도맹의 성문은 연일 찾아오는 손님들로 인해 몸살을 앓고 있었다.

승리를 축하한다는 빌미로 줄을 대려는 자들로 넘쳐 나고 있었던 것이다.

상황이 이 정도 되면 정도맹주가 직접 나서서 한마디 할 만도 하련만 이상하게도 맹주 백리강은 아무런 말도 하지 않았다.

아니, 정도맹 심처에 틀어박힌 채 움쩍 달싹도 하지 않았다.

참으로 이상한 일이었다.

저벅저벅.

복도를 내딛는 발소리는 꽤 경쾌했다.

해가 져서 완전히 어두워진 뒤였기에 전각은 고요했고, 그래서인지 그가 내딛는 발소리는 마치 장단을 맞추기라도 하는 듯 들렸다.

저벅저벅저벅.

이윽고 복도의 끝자락에 다다른 단목원을 수위무사들이 발견하곤 고개를 숙여 왔다.

"안에 계신가?"

단목원이 묻자, 수위무사 하나가 정중히 대답했다.

"방금 잠이 드셨습니다."

"흠. 약은 드시고 주무시는 겐가?"

"약당주께서 다녀가신 걸로 알고 있습니다."

"그런가? 자네들이 수고가 많군."

"별말씀을 다하십니다. 임무에 소홀하지 않는 것이야말로 저희 본분이거늘."

"그 마음 잊지 않기를 바라겠네."

"명심하겠…… 컥! 이 무, 무슨?"

털썩.

고꾸라지는 동료 무사를 바라보며 수위 무사는 앞섬을 붉게 물들이는 가슴을 부여잡고 고개를 쳐들었다.

그와 눈이 마주친 단목원이 빙그레 웃었다.

"저승에 가서도 충성하도록."

무너지듯 쓰러지는 무사를 일별하며 단목원이 문을 열었다.

방 안에는 아무도 없었다.

아니, 꽤 고풍스러운 침상 위에 누워 잠들어 있는 노인만이 있을 뿐이었다.

단목원이 침상 쪽으로 다가갔다.

노인의 머리맡을 앞에 두고 멈춰 선 단목원이 자신의 사부이며 정도맹의 맹주인 천도신군 백리강의 얼굴을 내려다보았다.

기실 노인이라곤 하나 외모는 그다지 늙어 보이지 않는다.

아무리 많게 잡아도 쉰을 갓 넘었을까 싶은 얼굴이다.

그만큼 공력이 심후하고 지닌 바 신위가 보통이 아님을 단적으로 드러나는 것일 테다.

단목원은 한참 동안 백리강을 바라보다가 의자를 끌어와 앉았다.

그 소리에 깼음인가, 백리강이 천천히 눈을 떴다.

"왔느냐?"

나직하지만 위엄이 어린 음성이었다.

"방금 도착했습니다."

"고생한 모양이구나."

"괜찮습니다."

단목원이 대답했지만 백리강은 수긍하는 눈치가 아니다.

아무런 말도 없이 자신의 장제자를 바라보고 있을 뿐이었다.

그러자 단목원이 옅은 미소를 입가에 떠올리며 말했다.

"조금 버거운 상대임을 알았습니다."

"그렇게나 대단한 자이더냐?"

"예."

"설 군사의 얘기를 듣길 잘한 셈인가."

눈을 감으며 말하는 백리강을 단목원이 응시했다.

어느새 그의 얼굴에선 미소가 사라져 있었다.

"그만 가서 쉬거라."

백리강은 더 이상 할 말이 없다는 듯 아무런 말도 하지 않았다.

그럼에도 단목원은 일어날 생각을 하지 않았다.

그런 상태로 한동안 침묵이 이어졌다.

의아한 생각이 들었는지, 백리강이 천천히 눈을 떴을 때였다.

"듣기로 설 군사 역시 놈을 잡지 못한 모양이더군요."

"……."

"만만찮은 놈이 아니라고 느꼈는데……."

한숨을 내쉬며 말을 이어 가는 단목원. 그의 입술을 백리강이 쳐다보고 있었다.

"역시 이대로는 안 되겠다는 생각입니다."

"하면 어쩌겠다는 것이냐?"

순간 단목원이 싱긋 웃었다.

백리강의 눈가에 의아함이 떠오르는 찰나였다.

"사부님께서 조금 도와주셔야 할 거 같습니다."

"……?"

스윽.

단목원의 손이 치켜졌다.

그 순간, 백리강은 느꼈다.

알 수 없는 악의(惡意)를.

백리강이 침상을 박차고 몸을 일으켰다.

아니, 그러려는 순간 이미 단목원의 손이 백리강의 목을 움켜쥐고 있었다.

"컥! 이, 이게 무슨…… 짓이냐!"

"말씀드렸지 않습니까?"

"크윽, 이, 이노옴!"

"사부께서 도와주셔야 한다고 말입니다."

말이 끝나기 무섭게 단목원의 손에서 기이한 열기가 피어올랐다.

그것은 지옥의 열화와도 같았다.

마치 손바닥에서 불길이라도 일어나는 듯 뜨거운 기운이 번졌다.

그리고 그 기운은 곧바로 백리강의 목으로 스며들었다.

"으으윽! 이놈! 어서 손을 놓지……."

말이 이어지지가 않았다.

믿고 있던 제자였기 때문이기도 하지만 요 근래에 약해진 몸 때문이기도 했다.

하루의 반나절 이상을 침상에 누워 있은 지도 일 년이 넘었던 것이다.

폐관 시 주화입마의 징후를 알아채고 간신히 상황을 수습해 여기까지 이른 터였다.

그렇기에 지금도 단목원의 손아귀에서 쉽사리 빠져나오지 못하고 있었다.

하나 그는 천하제일이라는 수식어가 따라다니는 절대무인.

모든 걸 내려놓겠다는 심정으로 단 한 번이라는 전제를 붙인다면 단목원 따위 한 방에 날려 버릴 수 있다는 뜻이기도 하다.

후우우우웅!

백리강의 단전에서 공력이 휘몰아치며 일순간 용솟음쳤다.

거의 다 나아가고 있는 시점에서 내력을 일으키는 것은 치명적이라고 할 만큼 좋지 않지만, 하는 수 없다고 판단한 것이다.

적어도 자신이 키운 제자에게 헛되이 목숨을 잃는 것보

다는 훨씬 나은 결과가 기다리고 있을 거란 확신이 들었다.

하지만……

"쿨럭!"

백리강의 입술 사이로 시커먼 핏물이 솟구쳤다.

"커억!"

고통이 엄습하는 순간, 신음이 입술 사이를 비집고 토해졌다.

바로 그때였다.

백리강의 목을 옥죄고 있던 단목원의 손아귀에서 힘이 빠져나갔다.

그리고 단목원의 입술이 열렸다.

"오늘 올린 탕약은 신경 좀 썼습니다."

"크윽…… 이, 이노옴!"

분기탱천한 백리강이 눈알을 희번덕거렸지만, 단목원은 조금도 주눅 들지 않고 그저 웃을 뿐이었다.

"그러게 적당히 하고 물러나셨어야지요."

엷은 미소를 얼굴에서 지우지 않은 채 단목원이 조근조근 말하고 있었다.

"정말이지 기다리다가 죽는 줄 알았습니다."

아예 백리강의 목에서 손을 놓은 단목원이 일순간 표정

을 바꿨다.

갑자기 싸늘한 얼굴을 하며 그가 마지막 한마디를 토해 냈다.

"그럼 안녕히."

휙!

바람을 일으키며 손이 휘둘러지는 순간, 단목원의 장심 에서 시커먼 기운이 쏟아져 나왔다.

그것은 연기처럼 흘러나왔으나 마치 살아 있기라도 한 듯 꿈틀거리며 백리강의 얼굴을 덮쳐 갔다.

이를 본 백리강이 경악한 눈빛을 감추지 못하고 소리쳤 다.

"네, 네놈이 어찌 그걸!"

놀람뒤에 곧바로 분노가 이어지려는 참이었다.

"이, 이노……."

그러나 말은 더 이상 이어지지 않았다.

쿠오오오오오!

시커먼 기운, 마룡기(魔龍氣)는 빨려 들듯 백리강의 입 속으로 들어갔던 것이다.

백리강의 눈이 뒤집어지며 흰자위가 드러나는 찰나, 그 의 몸이 활처럼 휘며 덜덜덜 떨리기 시작했다.

그러거나 말거나 마룡기는 끝없이 이어지며 백리강의

내부로 들어가고 있었다.

이윽고 단목원의 손에서 흘러나온 마룡기가 사라지고 고통 속에 몸부림치는 백리강만이 있을 뿐이었다.

드드드드드드.

침상이 무섭게 흔들리며 백리강이 요동쳤지만, 밖에서는 아무것도 느끼지 못하는 모양이었다.

아마도 단목원이 무언가 술수를 부린 탓인지, 그 역시 밖의 동향 따윈 조금도 신경 쓰지 않고 그저 죽어 가는 백리강만을 바라볼 따름이었다.

그 모습이 꼭 장난으로 죽어 가는 개구리를 바라보는 아이와 같았다.

그러길 한참여.

마침내 백리강의 숨이 끊어지며 몸이 축 늘어졌다.

바로 그때였다.

번쩍!

백리강의 칠공에서 시커먼 빛이 뿜어졌다.

동시에 백리강의 시체가 침상에서 두둥실 떠오르는 게 아닌가.

그뿐만이 아니었다.

쿠오오오오오오오오오.

어딘지 모르게 진득하고 기괴한 소리가 들리는가 싶더

니 백리강의 몸이 일순간 시커먼 안개에 휩싸였다.

그러더니 시체는 와락하고 구겨지며 마룡기에 흡수되고 말았다.

그 순간 단목원이 손을 뻗었다.

슈우우우우우욱!

손바닥으로 빨려든 마룡기가 자취를 감추고, 하늘을 향해 펼쳐 든 그의 손바닥 위에 새카만 연기만이 둥실 떠 있었다.

마치 공처럼 떠 있는 그것을 단목원이 감정 없는 눈으로 바라보다가 천천히 자신의 코앞으로 가져왔다.

후우욱!

상쾌한 새벽 공기를 들이마시듯 깊게 숨을 들이키자, 방금 전까지만 해도 백리강이었을 연기는 그대로 단목원의 폐부로 스며들었다.

"후우! 좋군."

잠시 감았던 눈을 뜨며 짧은 촌평을 마친 단목원이 방금까지 자신의 사부가 누워 있던 침상을 바라보았다.

사람은커녕 시체는 온데간데없고 생전에 걸치고 있던 옷가지만이 덩그러니 놓인 침상을 보며 단목원이 입꼬리를 말아 올렸다.

＊　　　　＊　　　　＊

택중이 악양에서 가장 처음으로 한 일은 꽤 큰 장원을
하나 구입하는 일이었다.

그 일을 하는 데도 부윤 유순의 도움을 받았음은 물론
이다.

뿐만 아니라 유순은 장원을 지킬 관군까지 보내 주며
친밀감을 표시했다.

"그럼 각지의 지부장들에게 연락할 수단이 없다는 말인
가요?"

택중이 묻자 무치는 더듬거리며 말을 잇지 못했다.

이미 흑사련의 지부들이 정도맹의 일제 공격에 괴멸되
었기 때문에 지부장은커녕 지부의 무사들도 각 지부에 남
아 있을 턱이 없었기 때문이다.

그러니 무슨 수로 연락을 취한단 말인가.

무치가 어두운 얼굴로 대답을 못하고 있을 때였다.

"방법이 아주 없는 것은 아니에요."

은설란의 얘기를 들은 택중이 화색이 되어 물었다.

"그게 뭔가요?"

"이럴 때를 위해서 비선이 존재해요."

"비선?"

"예. 련에서도 수뇌부들만 알고 있는 건데……."

그녀가 무치를 힐끗 바라보곤 한숨을 내쉬었다.

원래대로라면 무치 정도 되는 지위에 있는 자는 들을 수 없는 얘기였다.

하나 지금과 같은 위기상황에서 이런저런 걸 따지고 어려웠고, 한편으로는 여기까지 탈출할 때까지 함께해 주고 그 이전에도 맹목적으로 택중을 따르며 지켜 온 무치를 믿었기 때문이었다.

결심을 굳힌 은설란이 다시 말하기 시작했다.

"본련의 사활이 걸린 위기가 닥치면, 그래서 각지부가 위기상황에 빠져서 도저히 타개할 방도가 없을 정도가 되면 지부장들은 무사들을 이끌고 탈출해 무창과 사천에 있는 안가에 모이기로 되어 있어요. 물론 그 안가들은 철저히 위장되어 있죠."

"그럼, 그곳에 연락을 취하면 되는 거네요?"

"그렇긴 한데……."

"뭐가 문제가 있나요?"

"그 연락이라는 게…… 인선으로만 가능해요."

"인선? 사람 말인가요?"

"맞아요. 정보가 유출되었을 상황을 염려해서 미리 정해 놓은 암구어만으로는 안심하기 어렵기 때문이에요."

"그럼, 무 대주를 보내면 되겠네요."

"······안 돼요."

"설마?"

"예. 권한을 가진 자만이 가능해요."

"······은 대주님은 아니겠죠?"

"예. 저한텐 그런 권한이 없어요."

"하아! 산 넘어 산이네요."

한숨을 내쉬는 택중이었다.

당연했다.

솔직히 지금과 같은 상황에서 어디 가서 그 권한을 가진 사람을 찾는단 말인가.

절망 가득한 한숨을 내쉬는 택중을 향해 은설란이 말문을 열기 시작한 것도 그때였다.

"딱 하나 방법이 있기는 해요."

"······?"

고개를 번쩍 쳐드는 택중을 향해 은설란이 울 듯한 표정으로 미소를 지어 보였다.

"아버지께 부탁드리면······."

아버지?

'설마 그 아버지?'

택중은 지난번에 현대로 가기 전에 은설란에게 그녀의

아버지를 만나 보라는 얘기를 했었다.

그 후로 사달이 나서 이 지경이 될 때까지 까맣게 잊고 있었던 일이었다.

한데 이제 와 그녀의 얘기를 듣고 보니 그때 어떻게 됐는지 새삼 궁금해지는 그였다.

택중이 물었다.

"부친을 만나신 건가요?"

"예."

대답하는 음성이 어쩐지 쓸쓸하다.

그래서인지 택중은 더 이상 묻지 못했다.

그저 가만히 그녀의 말을 기다리고 있었다.

잠시 후 은설란이 천천히 얘기했다.

"만나고 난 후 곧바로 떠나셨어요."

"……!"

헐!

아무리 역마살이 끼었다지만, 몇 년 만에 딸을 만났는데 겨우 한 시간도 같이 있어 주지 않고 떠나간단 말인가?

무정함을 넘어서 거의 남과 같은, 아니, 남보다 못한 수준이 아닌가.

한데 바로 그때 은설란이 살풋 미소를 머금는 게 보였다.

의아한 눈빛이 된 택중이 눈을 가늘게 뜨다가 말고 맞잡고 있는 그녀의 두 손에 시선이 꽂히고 말았다.

'저건?'

못 보던 거다.

은빛으로 빛나는 반지였다.

그걸 두 손으로 어루만지고 있는 은설란을 보면서 택중은 까닭 없이 가슴 한편이 먹먹해지는 걸 느꼈다.

그때 은설란이 고개를 드는 바람에 택중과 눈이 마주치고 말았다.

그러자 택중은 민망하다는 듯 고개를 돌리며 헛기침을 했는데, 오히려 은설란이 살풋 웃으며 이렇게 말하는 게 아닌가.

"걱정하지 말아요. 아버지께선 이렇게 말씀하셨으니까요."

"누구에게나 소명이라는 것이 있다는 것을 아느냐?"

"……아뇨. 저는 그런 거 몰라요."

"몰라도 하는 수 없다. 세상에 태어난 이상 존재가치를 증명할 이유는 누구에게나 있는 것이니까. 그것을 부정한다고 달라지는 것이 없듯이, 언젠가 인정하게 된다면 가기 싫더라도 가야만 하는 것이 인생인 것이다."

"그런가요? 아버지에겐 결국…… 가족은……."

"오해하지 마라."

"뭐가 오해죠? 어머니가 죽었을 때 아버지는 어디 계셨죠? 저만 세상에 홀로 남겨졌을 때 아버진 어디에 계셨던 거죠? 그것도 다 오해라고 말씀하시는 건가요?"

"……안 온 게 아니라 오지 못했던 거다."

"……호호호호호호호호호."

"……."

"변명치고는 구차하네요."

"진실을 말하고자 함이나, 믿지 못하겠다면 하는 수 없구나. 하나……."

"……!"

"초대 가주의 심득을 쫓던 중 그분의 행적이 상산에서 마지막으로 끊겼음을 알고 빗속에 산을 오르다 그만 실족하고 말았다."

"그럼…… 이제 걷지 못하시는 건가요?"

"이 나이에 그게 뭐가 대수겠더냐? 의족이면 어떻고, 의수면 또 어떠할까. 그저 후대에 전할 전뇌겁의 심득! 그 한 부분이나마 붙잡고 숨을 거두길 바랄 따름이지!"

"……."

"그리고 그것을 이루어질 사람은……."

말끝에 자신을 따스한 눈빛으로 바라보던 아버지의 얼굴을 은설란은 잊지 못한다.

또한 이번을 마지막으로 다시는 자신 곁을 떠나지 않겠다는 얘기도 잊지 않고 있었다.

아마도 아버지에겐 무언가 확신이 있었던 모양이다.

이번에야말로 전뇌겁의 전설을 이루어 줄 그 무언가를 찾아낸 듯했다.

어쩌면 단목원의 훼방이 없었더라면 아버진 일찌감치 뜻을 이루고 그녀의 곁으로 돌아왔을지도 모른다.

이제 와서 그런 생각마저 드는 그녀였기에, 이번만큼은 결코 원망하지 않고 부친의 얘기를 꺼내고 있었다.

"어디 계신지 쯤은 알고 있어요."

그녀의 부친, 세간엔 은섬뇌검(銀閃雷劍)이라는 별호로 더 잘 알려져 있는 은중건이 떠나기 전 딸에게 자신의 행로를 밝힌 듯했다.

"그렇다곤 하지만……."

말꼬리를 늘이는 택중. 그의 얼굴에서 일말의 의구심을 읽은 은설란이 맑게 웃어 보였다.

"아버진 전대 련주님의 대제자예요. 그리고 비선책은 전대 련주님께서 돌아가시기 전부터 정해져 있었고요."

한마디로 비선책으로 유효하다는 얘기였다.

"그렇군요! 그럼, 그 일은 그렇게 하는 걸로 하고……."

잠시 쉬겠다는 듯 어깨를 풀며 기지개를 펴고는 택중이 불쑥 물음을 내던졌다.

"당대 련주님은 어찌 구하죠?"

"……."

"……."

은설란과 무치는 아무런 대답도 하지 못하고 있었다.

그럴 줄 알았다는 듯 택중이 말했다.

"뭐, 갈 영감님이야 워낙 질긴 양반이니 알아서 견뎌 낼 테고, 솔직히 련주님도 그다지 걱정은 안 되네요. 정도 맹 놈들이 아무리 지독하다곤 해도 하루아침에 련주님 목을 벨 거라곤 생각되지 않으니까요. 다만, 상황이 갑자기 바뀌어서 불합리한 일들이 벌어지지 않으리란 보장도 없으니…… 이렇게 하죠. 우선 저한테 며칠만 시간을 주세요. 그동안 두 분께서는 은 대협께 도움을 요청하고 지부장들에게 연락을 취해 주세요."

"그동안 무얼 하시려고?"

무치가 의심스럽다는 물어 오고 있었다.

피식.

택중이 의뭉스럽게 웃으며 아무런 말도 하지 않는다.

그 모습에 더욱더 불안해진 무치가 뭐라고 말하려고 하는데, 은설란이 한 발 빨랐다.

"알았어요. 대신……."

"……."

"몸조심 하셔야 해요."

"흐흐흐. 당근빠따죠!"

가슴을 두드리며 호기롭게 외치는 택중의 말을 죽었다 깨어나도 알아듣지 못할 두 사람이었다.

*　　　　　*　　　　　*

스마트폰에서 진동이 몇 차례 울린 뒤 알람이 터졌다.

오빠 언능 일어나! 아잉~ 언능~!

코 막힌 소리로 잉잉대는 음성이 들려오기 무섭게 택중이 눈을 번쩍 떴다.

그러곤 자신이 얼싸안고 있던 라디오를 확인했다.

주파수가 적힌 계기판의 눈금자는 한곳의 숫자를 가리킨 채 멈춰 있었다.

94.5

자리에서 벌떡 일어난 택중이 주위를 둘러보았다.

가장 먼저 수풀이 보였다.

이어 널찍하게 펼쳐진 마당.

그리고 하늘 위로 솟구칠 듯 펼쳐진…….

빌딩 숲.

순간, 택중이 두 팔을 번쩍 치켜들고 웃음을 터뜨렸다.

"움하하하하하하하하!"

드디어 돌아온 것이다.

아니, 현대로 돌아온 것이 처음은 아니었지만 오늘만큼은 그 의미가 남달랐다.

나름의 계산 하에 돌아오게 된 것이니까.

사정은 이랬다.

중원에 있는 자신의 처소에 틀어박힌 택중은 한 가지 결심을 했었다.

무슨 일이 있어도 현대로 갈 때까진 방을 빠져나가지 않겠다는 결심이었다.

한동안 누구도 방에 들어오지 말라는 말을 해 두었기

때문에 곤란한 점이 한두 가지가 아니었지만, 그럼에도 택중은 끝내 포기하지 않았다.

그렇다고 문제가 없었던 것은 아니다.

식수는 얼마간의 물병을 준비하는 걸로 해결되었지만, 끼니가 문제가 되었다.

그래서 준비한 것이 벽곡단이었다.

"우웩!"

도저히 인간이 먹을 만한 것이 아니었다.

현대에 있을 때 '선식' 바람이 불면서 너도나도 곡식 말린 것을 먹는다길래 어지간하면 먹을 만하려니 했건만.

이건 뭐 비릿하기만 할 뿐 먹을 수 있는 게 아니었던 것이다.

그럼에도 택중은 벽곡단을 씹으며 견뎌 냈다.

라디오의 눈금을 94.5로 맞춰 놓고 변화가 있기만을 기다렸던 것이다.

그러던 것이, 어젯밤 라디오에서 이상한 소리가 흘러나왔다.

%$^#&*^%# **((&^%(&*$ ^$@%$#@

그것은 도저히 알아들을 수 없는 소리였고, 그게 아니

더라도 워낙에 작아서 귀를 바짝 들이대지 않으면 듣기 어려울 지경이었다.

하지만 그 소리가 들리는 순간 택중은 직감했다.

'돌아갈 수 있다!'

환희에 차서 그는 잠을 청했었다.

내일이면 마침내 현대로 돌아갈 거라는 희망에 부풀어서.

그리고 그는 현대에서 눈을 뜬 것이다.

그러니 그가 눈 오는 날 강아지처럼 기뻐서 날뛰는 것도 당연한 일이라 할 수 있었다.

그러나 돌아온 것만이 끝이 아니다.

지금의 그에겐 해야 할 일이 산더미처럼 쌓인 상태이니까.

기실 그가 이처럼 현대로 돌아오길 갈망한 데엔 다 그만한 이유가 있었기 때문이다.

'망할 놈들!'

그가 현대에 있는 동안, 정도맹이 치사하게 기습해 와서 앗! 하는 사이에 자신의 집을 빼앗기고 말았다.

다락에 설치한 금고에는 아직 현대로 옮기지 못한 재산도 꽤 있었다.

솔직히 그건 아무래도 좋았다.

십 원 짜리 한 장도 아까워하는 택중이라지만, 그보다 더 아까워하는 게 있었기 때문이다.

바로 사람이었다.

아니, 정확히 말하면 가족.

가족?

택중이 가족이라고 부를 만한 사람이 중원에 있었던가?

아니, 현대에도 그건 마찬가지 아닌가.

유진을 제외하면 피붙이라곤 없는 처지이니 두말하면 입만 아플 뿐이다.

'내 보금자리를 빼앗은 것도 모자라서 영감님이랑 우리 애들을 모조리 가두었단 말이지!'

일 년에 반쯤은 함께 있다 보니 어느새 정이 들고만 그였던 것이다.

하긴, 더운 날 에어컨 앞에서 앞섶을 풀어헤친 채 옥신 각신한다든가, 수시로 쳐들어와 화장실을 쓰고 사라지곤 하던 갈천성.

비가 오든 눈이 오든 담장을 에워싼 채 지키며 숱한 침 습으로부터 그를 지켜 주던 무사들.

몇 번이나 죽을 고비를 맞는 동안, 포기하지 않고 강을 건너와 자신을 구해 주던 자들…….

셀 수도 없이 많은 이들이 있었다.

그들이야말로 가족이고 식구가 아니면 대체 누가 그렇다는 것인가.

그런 가족을 죽이고, 또 살아남은 자들의 목에 칼을 들이대고 가두었으니 택중이 화가 날만도 했다.

그 이면에는 물론 중원에 오가는 동안엔 언제든 돈을 벌 수 있다는 자신감이 있었다.

아니, 그게 아니라도 이제 그는 평생 써도 될 만큼의 돈이 있었다.

유진을 행복하게 해 줄 만큼의 돈쯤은 그도 가지고 있는 것이다.

빌딩을 사고부터 어딘지 모르게 부드러워진 것도 이러한 생각 때문인지도 모른다.

어찌 되었든 택중의 머릿속은 지금 오직 한 가지로 가득 차 있었다.

어떻게 하면 정도맹 놈들을 군산에서 내쫓을 것인가.

그래서 흑사련을 되찾고 그 와중에 이왕이면 놈들에게 제대로 한 방 먹여 주고 싶은 마음뿐이었다.

그리고 얼추 계획은 서 있었다.

다만 그러기 위해선 반드시 현대로 와야만 했다.

다른 건 몰라도 이곳에만 있는 그 무엇이 필요했기 때문이다.

또한 그것은······.

그동안 중원에 가져다 팔았던 물건들 따위가 아니었다.

그 이상의 것.

어쩌면 훨씬 더 가치 있는 그 무엇을 찾기 위해 다시금 현대로 돌아올 필요가 있었던 것이다.

"흠, 장충단공원이라 이거지?"

얼마간 어슬렁거려 본 결과 이곳이 장충단공원이란 걸 알 수 있었다.

중원의 군산에서 오갈 때는 경기도 양평으로 집으로 가더니만, 악양에서 잠이 들었다가 깨어 보니 남산 어귀라······.

대충 거리에 비례해서 움직인 건가?

어림짐작하긴 했지만, 맞아떨어져서 다행이라 생각했다.

솔직히 자고 일어났는데, 전라남도 어디라든지 혹은 이름 모를 외딴섬이라든지 그게 아니면 이탈리아 동남부 소도시라든지 하면 곤란하지 않겠는가.

그나마 서울에서 눈을 뜬 것은 천만다행한 일이라 할 수 있었다.

게다가 자신의 계산이 맞아떨어진 것도 수확이라면 수확이었다.

'확실히…… 그동안 오해를 하고 있었던 거군.'

유진과 함께 다인이 출연한 영화를 보기 위해 극장을 찾았을 때, 이상 징후가 보이기 시작했던 걸 기억한 택중은 '혹시나' 하고 한 가지 가설을 세웠던 것이다.

차원통로는 집이 아니라 라디오다?

가설이었지만, 시간이 흐를수록 어쩐지 그런 것만 같았다.

그는 실험했고, 결국 성공했다.

'자! 이제 어쩌지?'

가만히 생각에 잠겼던 택중의 귓가를 때린 것은 전화벨 소리였다.

짜라라라라! 우짜우짜! 서방! 얼른 받아라!

다인이 장난삼아 바꿔 놓은 벨소리였다.

깜짝 놀란 그가 품에서 스마트폰을 꺼냈다.

다인이었다.

이름을 확인한 순간, 택중은 머뭇거릴 수밖에 없었다.

극장에서 홀연 자취를 감춘 뒤로 벌써 일주일 정도의

시간이 흘렀다.

말도 없이 사라져서 일주일간 연락도 하지 않았으니, 걱정도 이만저만이 아닐 게 틀림없다.

어쩌면 유진은 울고불고 난리를 쳤을지도 모른다.

"흑흑! 오빠! 우리 오빠를 찾아 주세요!"

귓가로 동생의 울먹이는 목소리가 들리는 듯해서 택중은 그만 얼굴이 빨개지고 말았다.

당연히 인중도 길어졌다.

헤벌쭉한 얼굴이 되었던 택중을 때마침 조깅 나온 아줌마가 스쳐 지나가며 보곤 고개를 갸웃거렸다.

"큼큼! 날씨가 추우니까 이상하게 얼굴이 달아오르네?"

가을 언저리에 접어들고 있는 날씨에 말도 안 되는 소리를 지껄이며 택중이 스마트폰을 다시금 쳐다보았다.

여전히 벨이 울리고 있었다.

'어쩌지? 일단 받아? 에이, 모르겠다!'

통화버튼을 누르는 순간이었다.

뚝!

벨소리가 끊기며 화면에 부재중 통화가 떴다.

침을 한차례 삼킨 택중이 통화버튼을 누를까 말까 갈등

했다.

그러다가 결심을 굳히고 막 버튼을 터치하려는 순간이었
다.

짜라라라라! 우짜우짜! 서방! 얼른 받아라!

깜짝 놀란 택중이 버튼을 누르고 스마트폰은 얼른 귓가
로 가져갔다.

그 순간 화끈한 음성이 귀를 때렸다.

─어디야!

"응? 나?"

─어디냐구!

"그러니까…… 여기가 장충단공원이지 아마?"

─그래? 잘됐네. 얼른 와!

"어, 어딜?"

─디자인 플라자!

디자인 플라자라면 예전에 동대문운동장이 있던 곳에
세워진 핫플레이스를 말하는 거라는 걸 택중은 기억해 냈
다.

"거긴 왜……."

그가 물으려 했지만, 말을 끝내기도 전에 수화기 너머

에서 소란스러운 소리가 들려왔다.

—다인 씨! 곧 샷 들어갑니다! 준비해 주세요!"

—예! 금방 갈게요.

나긋나긋한 음성을 토해 낸 다인이 다시금 험악한 음성으로 택중에게 말했다.

—십 분 안에 안 오면 화낼지도 몰라!"

그러곤 전화를 끊어 버리는 다인이었다.

헐!

황당한 기분이 된 택중이 끊어진 스마트폰을 망연자실 쳐다보았다.

그러다가 한 차례 어깨를 으쓱해 보이곤 피식 웃고 말았다.

제42장
세상에서 제일 무서운 게
뭔지 알아?

택시를 타야만 했다.

트럭은 아직 중원에 있었고, 지하철이나 버스는 익숙하지 않았기 때문이다.

뭐, 한 푼이라도 아끼려면 대중교통을 이용하는 게 맞지만, 수화기 너머의 다인이 워낙 다급하게 말하고 있었기에 택중까지도 마음이 급해지고 만 탓이었다.

그렇게 택시를 타고 디자인 플라자에 도착했다.

요금을 치르고 차에서 내린 택중은 주변을 두리번거리다가 디자인 플라자 입구에서 그다지 멀지 않은 곳에 사람들이 모여 있는 것을 발견했다.

잘 보이지 않아서 까치발을 들고 쳐다보던 택중이 한순

간 눈을 빛냈다.

의자에 앉아 있는 다인을 발견한 것이다.

일주일 만에 봐서 그런가, 반가운 기분이 든 택중이 싱긋 웃으며 그쪽을 향해 걸음을 내딛었다.

잠시 후 촬영을 구경하기 위해 모인 사람들을 헤치며 안쪽으로 들어간 택중은 볼 수 있었다.

방송 스텝들이 촬영 준비를 하느라 여념이 없었고, 여기저기서 대본을 든 배우들이 커피를 마시며 수다를 떨고 있었다.

하지만 다인은 그사이 어딜 갔는지 보이질 않았다.

방금까지 의자에 앉아 있더니…….

'혹시 화장실이라도 갔나?'

머리를 긁적이던 택중을 누군가가 툭 치며 지나갔다.

"그렇게 서 있지 말고 좀 거들어!"

아마 자신을 스텝 중 한 명이라도 생각했던 모양이다.

하긴, 그가 지금 걸치고 있는 옷이라면 그렇게 보아도 무방할 듯하다.

중원으로 건너갔을 때 입었던 남색 항공잠바에 청바지는 꽤 허름해서 어느 모로 보나 일꾼의 복장으로밖에 보이지 않았던 것이다.

"저 여기 스텝 아닌……."

택중이 반사적으로 변명 아닌 변명을 해 보았지만 소용없었다.

갑자기 뒤쪽에서 호통이 터져 나왔다.

"거기! 뭐해! 어서 와서 자재 나르지 않고!"

"죄송합니다, 일손이 모자라서 알바를 썼더니……. 제가 일 끝나고 주의를 주겠습니다."

"하— 나! 요즘 젊은 것들은 어째 저 모양인지! 일하기 싫으면 집에 처박혀서 나오질 말든가!"

살짝 기분이 상한 택중이 뭐라고 하려는데, 다짜고짜 손이 날아왔다.

그대로 두면 따귀를 얻어맞을 판국이었다.

하지만, 그가 누군가.

택중은 이미 고수였다.

휙!

허리를 비틀며 상체를 휘자, 눈앞으로 두툼한 손 하나가 바람을 일으키며 지나갔다.

"어라?"

있는 힘껏 손을 휘둘렀던지, 자신의 힘을 이기지 못하고 한 차례 휘청하며 중심을 잃었던 스텝이 황당하다는 듯 소리쳤다.

그러곤 홱하고 몸을 돌려 불같이 화를 냈다.

"이게 미쳤나! 너 뭐야? 어디서 감히!"

한바탕 소란이 일자, 여기저기서 수군거리기 시작했다.

"뭐야? 사고라도 친 건가?"

"글쎄? 일꾼 하나가 말을 안 듣는가 보지."

"크크크. 어딜 가나 꼭 저런 것들이 있는 법이지."

"그러게 말이에요."

배우들이 재밌다는 듯 택중과 스텝을 바라보며 웅성거리고 있었다.

그 소리를 들은 택중은 아니라며 말하려 했지만, 스텝은 도무지 그럴 틈을 주지 않았다.

아마도 배우들이 떠들어 대는 소리에 더욱더 화가 난 모양이었다.

결국 머리끝까지 붉게 물든 얼굴을 들이대며 그가 막 소리치려는 찰나였다.

"왔어?"

다인이 저만치서 걸어오며 택중을 향해 손을 흔들었다.

그러자 사람들이 더욱 수군거렸다.

"누구래?"

"설마 애인?"

"하하하! 말이 되는 소리를 해라! 저 얼음공주가 퍽이나!"

"그러게. 그게 아니더라도 저딴 놈을 애인으로 키우겠냐? 친구라고 해도 믿기 어렵겠다. 뭐 배달이라도 왔나 보지."

"아! 일종의 알바인가? 퀵서비스라든가 하는……. 근데, 왜 빈 몸이지?"

별의별 소리가 다 흘러나왔다.

그 때문에 택중은 다인에게 다가가는 동안 얼굴이 붉게 달아오르고 말았다.

'제길! 오는 게 아니었는데…….'

고개를 푹 숙인 채 다인에게 다가간 택중이 그녀에게 물었다.

"왜 불렀어?"

다소 퉁명한 음성이었다.

그러자 다인이 새초롬한 눈으로 택중을 흘겨보았다.

그러면서 말은 한마디도 하지 않는다.

그 모습에 움찔한 택중이었지만, 이내 울컥한 마음이 들어 한 소리 했다.

"못 들었어? 왜 불렀……."

그 순간, 그는 볼 수 있었다.

다인의 눈가에 살짝 물기가 어리는 것을.

뜨끔해진 택중이 말끝을 흐렸을 때 다인이 입을 오물거

리며 뭐라고 하려다가 말을 삼켰다.

"무슨 일인데?"

자기도 모르게 나긋나긋한 말투가 돼 버린 택중이었다.

하지만, 다인은 삐쳤는지 바로 대꾸하지 않았다.

다신 몸을 확하고 돌리더니 자신의 자리로 걸어가기 시
작했다.

"야!"

택중이 그녀를 뒤쫓으며 크게 부르려다 말고 작은 목소
리로 외쳤다.

그러나 여전히 대꾸는 들려오지 않았다.

멈춰 선 택중은 다인이 의자에 앉는 걸 보면서 이대로
돌아가야 하나, 어쩌나 싶어서 머뭇거렸다.

그러다가 그만 뒷걸음질로 누군가의 발을 밟고 말았다.

"아! 죄송해요!"

그가 고개를 숙여 보였을 때다.

"아, 뭐야! 안 그래도 더워서 짜증나는데……!"

때는 바야흐로 천고마비의 계절, 가을이었다.

그런데 더울 게 뭐가 있겠는가.

게다가 지금은 아침나절이었다. 뿐만 아니라 지금은 촬
영 중 쉬는 시간이었기에 그렇게 더울 까닭이 없었다.

'더럽게 지랄이네.'

택중이 속으로 생각하며 다시 한 번 사과했다.

"죄송합니다. 이런 델 처음 와서요."

"죄송하면 단가? 애당초 당신 같은 사람이 여길 왜 온 거냐고!"

택중이 바라보니, 낯익은 얼굴이다.

'강세찬이네.'

요즘 한창 물오른 배우라 할 수 있었다.

이를 테면 스타였다.

'그렇게 안 봤는데, 성질하고는……'

택중이 슬쩍 짜증 어린 표정을 지어 보였다.

한데 강세찬은 이를 놓치지 않았는지 상당히 불쾌하단 얼굴을 하며 소리쳤다.

"어? 기분 나쁜가 보네? 진짜 웃기는 놈이네. 그러기에 누가 남의 발을 밟으래? 그래 놓고, 이젠 되레 성질이야?"

명백한 시비.

택중은 갈등했다.

'확 사고를 쳐 버려? 아냐, 아냐! 그러다 깽값을 물라고 하면……'

당연히 선택의 여지는 없었다.

그가 다시 한 번 사과를 하려는 차였다.

"배달 왔으면 배달이나 잘할 것이지. 어디서 이런 거지 같은 게 와서는 촬영장 분위기를 망치고 지랄이야!"

강세찬이 비릿한 조소를 머금은 채 손가락을 내밀어 택중의 이마를 밀치려 할 때였다.

"뭐죠?"

언제 나왔는지 다인이 강세찬의 손목을 낚아채며 묻고 있었다.

"······!"

"······!"

두 사람, 택중과 강세찬은 할 말을 잃고 말았다.

다인이 눈앞에 서 있었다.

그들 두 사람은 물론 현장의 모든 사람은 더 이상 아무런 말도 하지 못한 채 그녀에게서 눈을 떼지 못하고 있었다.

반면 다인은 싸늘한 눈빛으로 강세찬을 쏘아보았다.

순간 싸해지는 분위기.

그 분위기 속에서 택중의 눈빛은 미미하게 일렁거렸다.

'다인······?'

생각지도 못한 상황에 그가 울컥했던 것이다.

"큼, 난 또 잡상인일 줄 알고."

강세찬이 슬그머니 뒤로 물러나자, 다인이 택중의 팔짱

을 끼며 나직하게 말했다.

음성은 다소 낮았지만, 의지가 깃든 목소리는 강렬했다.

"이분은 당신 따위가 함부로 할 수 있는 분이 아니세요!"

"……!"

택중이 놀란 표정을 지어 보일 때, 다인이 그를 한쪽으로 이끌었다.

그전에 강세찬을 한 차례 싸늘한 눈초리로 쏘아보는 것도 잊지 않았다.

그녀에게 이끌려 걸어가면서 택중은 속삭이듯 물었다.

"어디 가는데?"

뚝.

그녀가 걸음을 멈추더니 입술을 잘근거리다 말했다.

속상한 표정이었다.

"미안해. 괜히 나 때문에."

"괘, 괜찮아. 내가 잘못해서 일어난 일인데, 뭘."

이렇게 말했음에도 다인은 여전히 어두운 얼굴이었다.

그 상태로 있자니 뭔가 어색해서 택중이 무슨 말이라도 해야겠다고 생각했을 때였다.

다인이 느닷없이 물어 왔다.

"잘 갔다 왔어?"

"어, 어?"

뭘 알고 묻는 건지?

택중은 눈을 깜빡였다.

'아! 내가 일전에 무역상을 한다고 말해서……'

고개를 끄덕이며 택중이 대답했다.

"응. 잘…… 다녀왔어."

그러자 다인이 못 믿겠다는 눈빛을 흘리며 택중의 여기 저기를 살펴보았다.

그러곤 안도의 한숨을 내쉬며 다시 물었다.

"어디 다친 덴 없고?"

"다, 당연하지! 겨우 호, 홍콩 다녀온 건데 다칠 게 뭐가 있겠어?"

"……."

택중을 물끄러미 바라보던 다인이 밝게 웃더니 속삭였다.

"그럼 여기서 잠시 기다려 줄래? 한 시간 정도면 촬영 끝나니까, 같이 점심 먹자."

"아, 아니, 내가 좀 바빠서……."

택중이 손사래를 치자, 다인이 또다시 속상한 표정을 지어 보였다.

그 표정을 보자니, 택중으로서는 다시 말할 수밖에 없었다.

"알겠어. 기다릴 테니 천천히 일 보고 와."

또다시 활짝 웃는 다인.

그녀가 카메라 앞으로 가는 걸 보면서 택중은 옅은 미소를 지어 보였다.

촬영이 시작되었다.

아마도 드라마를 찍는 모양이었다.

'그사이 계약이라도 했나?'

영화도 상영했을 터다.

상황이 요상하게 흘러가면서 정작 물어볼 건 하나도 묻지 못했다는 걸 깨달은 택중이었다.

그렇게 다인과 강세찬이 드라마 속의 인물을 연기하기 시작했고, 현장의 스텝들은 바쁘게 움직였다.

택중은 스텝 중 누군가가 가져다준 의자에 앉은 채 그 모습을 바라보았다.

슬슬 점심이 가까워져 오며 햇살이 눈부신 가운데, 시간이 흘렀다.

그리고 촬영이 거의 막바지에 이르렀을 때였다.

감독의 '컷' 소리가 그의 귓가를 울렸다.

"수고하셨습니다!"

스텝들이 외치는 소리가 그의 머릿속을 울리는 가운데, 가슴을 뛰게 만드는 엔진음이 들려왔다.

부아아아아아아아아아아앙.

종로 쪽에서부터 들려오던 엔진음이 바로 옆에서 나는 것처럼 커졌을 때, 선명한 붉은 빛깔을 뿜내는 스포츠카 한 대가 사거리를 돌며 모습을 드러냈다.

그러고도 멈추지 않고 맹렬히 달려왔다.

부아아아아아아아아아아아아아아아앙!

그러곤 택중의 바로 앞에 멈춰 섰다.

끼익!

급정거하며 멈춰 선 차 때문에 당황한 택중이 막 의자에서 일어섰을 때 여기저기서 웅성거리는 소리가 들려왔다.

"저거 혹시 마세라티 아냐?"

"맞는 거 같은데? 그란투리스모 MC 스트라달레 센테니얼 에디션이라고 하던가? 왜 있잖아. 마세라티에서 100주년 기념 리미티드로 만들었다는 그거!"

"어머! 그럼 완전 비싸겠네?"

"당연하지! 저거 봐! 얼마나 고급지니? 아마 이억은 훌쩍 넘을걸?"

"아잉! 나도 저거 타고 싶다!"

그곳에 있던 대부분의 사람들이 흥미롭게 쳐다보고 있었지만, 그중에서도 배우들은 정말 타고 싶다는 눈빛을 하고 있었다.

특히 강세찬의 눈동자에는 강렬한 눈빛이 흘러나오는 중이었다.

바로 그때였다.

덜컹.

문이 열리며 베이지색 정장을 잘 차려입은 채 썬글라스를 쓴 커리어우먼이 내리는 게 아닌가.

또각또각또각.

하이힐을 신고 걸어오는 여인을 보면서 택중은 다른 의미로 감탄하고 말았다.

'햐아! 하이힐을 신고 용케 저런 차를 몰 수 있네!'

또각.

그사이 택중의 바로 앞에 당도한 여인이 썬글라스를 벗었다. 그러곤 금테 안경을 쓰는 것이 아닌가.

"어라?"

택중이 놀람 반 반가움 반으로 외치자, 여인이 고개를 숙이며 인사했다.

"조금 늦었습니다, 회장님."

그 순간, 사람들이 또다시 웅성거리기 시작했다.

"회장이래!"

"뭐야? 택배원이 아닌 건 알겠는데……. 그렇다고 해도 그렇지! 저 나이에 무슨?"

"뭐, 어디 재벌 이세쯤 되나 보지?"

"하긴, 서다인이 아무나 하고 만나겠어?"

이런저런 웅성거림 속에서 여인, 한 비서 즉, 한윤정이 택중에게 말했다.

"급한 대로 가져왔습니다만, 마음에 안 드시면 다른 걸로 준비해 오겠습니다."

사실이었다.

일주일 전에 연락을 받고 이탈리아에서 오기로 한 차를 기다리고 있던 중에 아침에 다시 연락을 받은 윤정은 급한 마음에 마세라티를 계약해서 끌고 온 참이었다.

반면 택중은 그녀가 말하는 소리가 들리지 않는 모양이었다.

'원래 안경을 썼던가? 아니, 이게 아니지!'

택중이 금세 심각한 표정이 되어 한 차례 차를 바라보다가 나직이 물었다.

"제가 지시를 내린 적이 있던가요?"

"아뇨."

"그런데 왜?"

"그건……."

윤정이 고개를 돌려 한 방향으로 시선을 던지자, 택중이 따라 눈길을 돌렸다.

그곳에 다인이 해맑게 웃고 있었다.

그녀도 설마 상황이 이렇게 될 줄은 몰랐다는 듯, 어색한 웃음을 흘리고 있었던 것이다.

상황을 대충 알아챈 택중이 한 손으로 자신의 이마를 짚었다.

'차 한 대 사라고 노래를 부르더니만……. 그나저나 한 비서 번호는 또 어떻게 알았대?'

아마도 그가 중원으로 간 사이, 다인이 한 비서에게 연락해 차를 구입할 것을 지시한 모양이었다.

그렇다곤 하지만, 자신의 상관도 아니고 다른 사람, 어찌 보면 생판 남이라 할 수 있는 다인의 요구를 그대로 수용한 한 비서도 이상하다면 이상하지 않은가.

택중이 의아한 눈빛이 되어 고개를 들었다.

그리고 물었다.

"근데, 왜 다인의 말을……?"

"그야……."

"……?"

"사모님이시니까요."

"······!"

입을 떡 벌린 택중.

하지만 그가 아무리 놀랐기로서니 다른 사람들만 하겠는가?

요즘 세계적으로 핫한 스타가 하나 있는데, 다름 아닌 서다인! 그녀였다.

솔직히 그녀가 한국에 남아서 드라마까지 찍을 거라고 예상한 사람은 아무도 없을 정도였다.

그 시간에 차라리 헐리우드에서 영화를 찍거나, 아니면 미국에서 광고를 찍어도 지금보다 훨씬 많은 개런티와 인기를 모을 것임은 틀림없었기 때문이다.

그런 그녀가 하필이며 한국에 남기로 한 데에 이런 이유가 있었다니!

모두의 눈동자에 경악이 떠올랐고, 또 한편으로는 어서 빨리 입을 나불거리고 싶은 충동에 휩싸이고 있었던 것이다.

벌써 몇 명은 스마트폰으로 사진을 찍고 톡을 날리느라 열심히 손가락을 놀리는 중이었다.

아마도 내일 조간신문, 아니, 잠시 후면 인터넷상에 택중의 사진이 떡하니 올라가 있을 게 틀림없었다.

'제, 젠장!'

차라리 묻지 말걸, 하는 후회와 함께, 본의 아니게 다인에게 피해를 주고 말았다는 생각에 고개를 돌린 택중은 그만 얼어붙고 말았다.

붉어진 두 볼을 양손으로 감싸고 몸을 배배 꼬고 있는 서다인 양이 보였던 것이다.

*　　　　*　　　　*

'김밥잔치' 라고 쓰인 간판 아래 펼쳐진 유리창 안쪽에 세 사람이 좁다란 탁자를 마주한 채 앉아 있었다.

당연한 결과겠지만, 이미 가게 밖에는 수를 헤아릴 수도 없는 인파가 모여 있었다.

뿐만 아니라 가게 안에도 많은 사람들이 들어와 있었는데, 다행히도 일정한 간격을 두고 더 이상은 다가오지 않고 있었다.

물론 다인 때문이었다.

이 때문에 마음이 불편해진 택중이 거듭 후회를 하고 있었다.

'젠장! 이럴 줄 알았으면 차라리 내 가게로 갈 것을!'

자신의 명의로 되어 있는 레스토랑을 떠올리며 후회하

고 있는 택중에 비해 두 여인은 아무렇지도 않은 표정이었다.

조금도 불편하지 않다는 듯 라면을 먹고 김밥을 먹고 있는 그들을 택중이 신기한 듯 쳐다보았다.

그러다가 뭔가 생각났는지 불쑥 물었다.

"그래서 얼마라고요?"

냅킨으로 입가를 톡톡 두드려 닦고는 윤정이 대답했다.

"삼억……."

억 단위 뒤의 숫자 따윈 귀에 들어오지도 않았다.

"껙!"

다시 한 번 입이 떡 벌어진 택중이 자리를 박차고 일어났다.

"미쳤어요?! 누구 거딜 나는 꼴 보려고 그러는 겁니까?!"

택중이 고래고래 소리치고 있었지만, 윤정은 아무렇지도 않다는 듯 대꾸했다.

"걱정 마십시오. 회장님 재산은 조금도 줄지 않았으니까요."

"그건 또 무슨 소립니까!"

"아시겠지만, 지난번에 투자했던 벤처회사가 이번에 상장하면서 이번 분기 수익률이 2000%를 상회했고, 임대차 물건들의 임대료가 대폭 상향 조정되면서 그 또한……."

"자, 잠깐!"

"……?"

"수익률이 얼마라고요?"

"정확히는 2370%입니다만."

"그래서 그게 얼만데요?"

"……메일로 보내 드렸는데 확인하지 않으셨습니까?"

"아, 그건 됐고. 빨리 얘기해 봐요!"

"그러시다면……."

윤정이 상의 품에서 수첩을 꺼내더니 또박또박 말했다.

"부동산 쪽도 합산해서 말씀드릴까요?"

"다 됐고, 그 이천 뭐시기나 말해 보라구요."

윤정이 안경을 고쳐 쓰며 대답했다.

"칠백육십오억 삼천이백만 원입니다."

순간 택중은 할 말을 잃고 말았다.

그러다가 갑자기 사래가 들린 듯 콜록거렸다.

보다 못한 다인이 물컵을 건네자, 그는 급히 물 한 모금을 들이키며 가슴을 쳤다.

"그럼, 부동산 수익 쪽은 얼마나 되는데요?"

"음…… 잠시만 기다리십시오."

한 템포 쉬며 수첩을 뒤적거리던 윤정이 대답했다.

"팔십육억 가량의 매출이 추가 발생했습니다."

"……!"

뭐야 이거! 돈버는 게 왜 이리 쉬워?

택중은 어이가 없었다.

아무리 세상이 돈 놓고 돈 먹는 거라지만, 이건 너무하잖아!

기가 막히다는 생각밖에 떠오르지 않는 택중은 무너지듯 자리에 주저앉았다.

그러곤 힘이 다 빠진 목소리로 말했다.

"그렇다고 해도 삼억이 넘는 차는 너무 사치라고 생각되지 않아요?"

"별로."

"통 큰 여자군요. 한 비서는……."

"아시겠지만, 월급 말씀이시라면 그다지 많이 받고 있다곤 생각하지 않습니다만."

"서운한 모양인데, 그럼 오늘부터 200% 인상하세요."

"감사합니다."

다소 사무적인 어조로 감사를 표하는 윤정에게 택중이 다시 말했다.

"어째든 저 빨간 차는 돌려주는 게 좋겠어요."

"그렇습니까?"

"예, 그렇게 하세요."

"그럼 그렇게 하겠습니다."

끄덕끄덕.

택중이 힘없이 고개 짓을 하자, 윤정이 다시 한 번 안경을 고쳐 쓰며 말했다.

"아시겠지만…"

"몰라! 몰라! 아무것도 몰라요! 그러니까, 그냥 좀 말해요! 또 뭐가 있는데요?"

"위약금이 있습니다."

"위약금? 얼만데요?"

"차를 구입한 비용의 절반이 위약금으로 나가게 되며, 보험금 또한……."

"자, 잠깐!"

"……?"

"휴우! 그냥 탈게요."

"그러시겠습니까?"

휘적휘적.

손을 내젓는 택중이었다.

한마디로 마음대로 하라는 소리다.

그러자 윤정이 안경을 매만지며 라면 국물을 떠먹었다.

이들 두 사람을 말없이 지켜보던 다인이 갑자기 쿡! 하고 웃음을 터뜨리고 말았다.

*   *   *

매니저가 와서 다인을 데려간 후 택중은 윤정과 함께 도서관으로 갔다.

"부탁 좀 하죠."

윤정이 손목에 차고 있던 시계를 확인하며 말했다.

"아직 업무 시간이 끝나지 않았습니다. 걱정 말고 지시하십시오."

"그런가요?"

택중은 잘됐다는 표정으로 그녀에게 이런저런 얘기를 했다.

잠시후 윤정은 도서관 내에 놓인 컴퓨터를 이용해 검색을 하더니 이내 사라졌다.

그로부터 이십여 분 후 나타난 그녀는 테이블 위에 십여 권의 책을 내려놓았다.

"일단은 이 정도가 좋을 거라고 생각합니다."

그녀의 말에 택중이 테이블위에 놓인 책들을 살폈다.

알렉산더 대왕의 전략.

한니발이 알프스를 넘은 이유.

획기적인 제왕, 진시황!

명량해전은 어떻게 승리할 수 있었는가.

대부분 전쟁사에 대한 책들이었고, 동서양은 물론 고금을 막론했기에 딱히 연결점이 없었다.

다만 한 가지, 책들의 주인공들이라 할 수 있는 알렉산더 대왕, 한니발, 진시황, 이순신 장군 등은 한 시대를 풍미한 전략가였다는 점만은 확실했다.

하지만 택중의 눈에는 조금 달리 보이고 있었던가 보다.

이글거리는 눈빛을 조금도 감추지 않으며 그가 말했다.

"이 정도면 됐어요."

말끝에 옅은 미소를 띠며 바라보자, 윤정이 금테 안경을 고쳐 쓰고 고개를 끄덕였다.

"그럼, 기다리고 있겠습니다. 필요하시면 언제든 부르십……."

"아뇨. 괜찮으니까 이제 퇴근해도 돼요."

"아닙니다. 오랜만에 뵙는데, 그럴 수야 없죠."

"그, 그럼 마음대로 하세요."

택중이 멋쩍은 표정으로 말하자, 윤정이 인사를 하고 돌아섰다.

또각또각또각.

그녀의 하이힐이 내는 소리를 들으며 택중이 책을 펼쳐 들었다.

'진시황이라…….'

가방끈이 짧은 택중이었지만, 진시황이 누군지는 안다.

더욱이 중원을 오가게 되면서 부쩍 관심을 가진 인물이기도 했다.

그렇다고 해서 딱히 파고들어 공부할 생각은 없었다.

그랬던 그가 지금에 와서 이처럼 도서관까지 오면서까지 진시황을 찾게 된 데엔 물론 나름의 이유가 있었다.

'오랜 전쟁으로도 지지부진하던 전황을 불과 몇 년 사이에 뒤집어 버린 데엔 뭔가가 있을 거다!'

중국처럼 커다란 나라의 세력 판도라는 게 간단히 바뀔 리가 없다.

이점은 현대가 되었든 고대가 되었든 별반 차이가 없다.

설혹 약간의 변수로 인해 주어진 상황에 다소 차별이 있었어도 결국엔 그저 사소한 차이일 뿐이다.

왜냐면 전쟁이란 서로 간의 역량차가 그대로 대변되기 때문이다.

고대의 전쟁이 병력 수와 보급물자로 밀어붙이는 싸움

이었다면, 갈수록 신무기의 발달에 기대는 싸움이 되었다는 얘기다.

다시 말해서 상대측보다 전력이 좀 더 우위에 있으면 전쟁은 이길 수밖에 없다는 말이다.

하지만 이게 또 말처럼 쉬운 건 아니다.

시대 상황상 전력이라는 게 비등비등하지 않으면 전쟁이 오래 갈 리도 없고, 또 그만큼 소모적인 싸움이 이어지진 않을 터이기 때문이다.

여기서 의문이 발생했다.

'그래서 어떻게 이길 수 있었던 거지?'

택중은 책들을 펼쳐 읽으며 생각에 생각을 거듭했다.

대부분 상대측보다 적은 병력으로 다수의 적들과 싸워 이긴 전략가들은 도대체 어떠한 마법을 부린 것인가?

심각한 얼굴이 된 택중은 책 속에 빠져들었다.

그러는 사이 날이 졌고, 어둠이 찾아왔다.

그런데도 택중은 자리에 앉은 채 움직일 줄을 몰랐다.

"……보병 위주의 전략에 맞서서 기동력을 이용한 기병의 운용이 주효했다는 말이군."

고개를 끄덕이며 책장을 넘기던 택중의 머리 위로 그림자가 졌다.

흠칫 놀란 택중이 고개를 쳐들었다가 멋쩍게 웃고 말았다.

"아! 아직도 계셨어요?"

"당연한 일입니다. 회장님께서 가시지 않았는데 비서인 제가 먼저 갈 리가 없지 않습니까?"

"하지만, 시간이…… 헉! 벌써 이렇게?"

시계를 보니 시간은 벌써 저녁 8시가 다 되어 가고 있었다.

"어떻게 하시겠습니까? 폐관까지는 아직 좀 더 시간이 남긴 했는데……."

그녀의 질문에 택중이 방긋 웃으며 책을 덮었다.

그러곤 조심스레 일어나 책들을 정리했다.

그런 그에게 윤정이 물어 왔다.

"책은 다 보셨습니까?"

"얼추."

"꽤 빠른 속도로 보셨군요."

"그렇긴 한데, 과연 머릿속에 남아 있을는지 모르겠네요."

이 말을 듣는 윤정이 안경 안쪽에서 눈을 빛내고 있음을 책을 드느라 끙끙대던 택중은 보지 못했다.

*　　　　*　　　　*

부아아아아아아아앙.

요란한 굉음을 꼬리처럼 늘어뜨리며 도로를 질주하던 빨간 스포츠카가 일순 덜컹하며 흔들리는 순간 택중은 브레이크를 밟았다.

끼이이익.

뒷바퀴에 매달린 먼지가 후방에 자욱하게 일어났다.

투둥 ㄷㄷㄷㄷㄷㄷ.

비포장도로에 접어든 것이다.

"이러다가 중독되겠네!"

엑셀레이터를 밟는 대로 질주하는 차를 몰다 보니, 그만 비포장도로에 들어섰다는 것도 잊고 말았던 것이다.

현기증이 날 만큼 빠른 속도로 달리는 바람에 온몸의 세포가 민감하게 깨어난 상태였던 택중이 깊은 숨을 들이마시며 온몸에 힘을 뺐다.

잠시 후 어두운 밤길을 달리던 차가 들판 사이로 난 자갈길로 접어들었을 때 택중은 뒤늦게 걱정하고 있었다.

'설마 집이 사라진 건 아니겠지?'

고개를 설레설레 흔들었다.

"에이, 설마!"

아니지!

'놈들이 불태워 버렸을지도 모르잖아!'

침을 꿀떡 삼킨 택중이었지만, 이내 고개를 세차게 흔들었다.

생각해 보니, 예전에도 그런 일이 있었지만 그때에도 집은 무사했지 않은가. 물론 현대에서의 얘기다.

저쪽, 그러니까 중원에서는 집이 간신히 형체만 남겨 놓고 홀라당 불타 버리고 말았으니까.

어째든 중원에서 별짓을 다한다 해도 이곳에 있는 집은 무사할 거다.

이렇게 생각하니 다소 안심이 되는 택중이었다.

하지만 여전히 불안한 마음은 가시지 않았다.

드드드드드드.

낮은 차체 때문에 속도를 내지 못하고 자갈길을 천천히 달리던 택중이 왼쪽으로 코너를 발견하곤 핸들을 꺾었다.

덜컹!

물웅덩이가 있었던 자리가 깊게 패여 있었던지, 한 차례 차가 큰소리를 내며 덜컹거렸다.

그 순간, 택중은 불이 담벼락을 둘러친 채 서 있는 불 켜진 한옥 한 채를 볼 수 있었다.

"휴우!"

다행이었다.

아무런 탈도 없이 서 있는 집을 보고야 안심하게 된 택중이었다.

끼익!

차를 멈추고 대문을 열어 마당 안으로 차를 주차했다.

그런 뒤 현관문 앞에 서서 열쇠를 꺼내던 택중은 깨달았다.

'그렇지!'

피식 웃으며 초인종을 눌렀다.

딩동!

잠시 후 슬리퍼가 마당을 때리는 소리가 들리고, 문이 열렸다.

"이제 와?"

다인이 머리에 수건을 돌돌 말은 채 묻고 있었다.

택중이 대답했다.

"응, 다녀왔어."

그가 막 현관문 안으로 발을 들이는 순간이었다.

"오빠!"

유진이 폴짝 뛰어올라 그에게 안겨 들었다.

*　　　　*　　　　*

"대체 왜 네가 여기 있는 거야?"

놀란 택중의 물음에도 유진은 대답하지 않았다.

대신 토라진 얼굴로 중얼거렸다.

"오빠 내가 반갑지 않은가 봐."

대놓고 말하는 유진이 한없이 사랑스럽기만 한 택중. 그는 눈가가 붉어져서는 금방이라도 눈물을 흘릴 참이었다.

바로 그때 그의 머리통에 강렬한 통증이 작렬했다.

빡!

"호호호호. 눈물의 상봉은 그쯤 해 두시고요. 이제부터 시작해 볼까요?"

"뭐, 뭐를?"

"당신의 무사생환을 축하하며!"

펑! 펑! 펑!

다인이 폭죽을 연달아 터뜨리며 소리쳤다.

"이름 하여 과자파티!"

'엥? 과, 과자파티?'

당황하는 택중의 눈앞에서 다인과 유진이 시커먼 봉다리를 뒤집었다.

우르르르르.

온갖 과자들이 쏟아지고 있었다.

새우링, 감자칩, 오징어아몬드, 양파깡, 허니꽈배기, 딸기파이 등등. 끝없이 나오는 과자들을 보자니 어쩐지

속이 더부룩해지는 택중이었다.

그런 그의 귓가로 다인의 쾌활 발랄한 음성이 날아들었다.

"자! 밤새도록 놀아 볼까요?"

"아이, 좋아라!"

유진까지 신나서 소리치는 걸 보면서 택중은 눈앞이 캄캄해졌다.

'해야 할 게 산더미처럼 많은데……. 게다가 아침에는 일찍 일어나서 박 대령도 만나야 하고…… 하지만, 하지만…'

"자, 잠깐!"

"……?"

"……?"

"진아는 내일 학교 가야 하는 거 아냐?"

"무슨 소리야, 오빠?"

"쯧쯧쯧. 오늘은 토요일! 고로 내일은 빛나는 일요일이란 말씀!"

"큭!"

낭패한 기색이 되었던 택중이 다시 소리쳐 물었다.

"집에 제대로 말은 하고 외박을 하는 거니?"

"그야 물론이지. 그리고 이게 무슨 외박이야? 설마 여기가 오빠 혼자만의 집이라고 얘기하는 거야?"

울먹이며 되묻는 동생을 보는 순간, 택중은 그만 할 말을 잃고 말았다.

결국 그는 패배를 시인할 수밖에 없었다.

"아, 알았어. 대신, 다음부터는 그냥 자고만 가는 거다? 알았지?"

"응응!"

고개를 끄덕인 유진이 폴짝 뛰어올라 외쳤다.

"와! 신난다!"

"호호호호! 신나는 파티 나이트!"

몹시 즐거워하는 두 사람을 보자니, '때려 치라!'는 말은 차마 할 수 없다.

하는 수 없이 그때부터 그녀들의 손에 이끌려 어울릴 수밖에 없었다. 택중으로서는 불가항력이었던 것이다.

그렇게 밤 열두 시가 넘도록 시끌벅적한 시간이 이어지고 난 뒤, 마침내 유진이 잠이 들었다.

그제야 조용해진 방 안을 택중이 둘러보았다.

여기저기에 흩어져 있는 과자봉지들과 음료수 페트병이 시선을 끌었다.

"하아! 많이도 먹었네."

과연, 여자들에겐 밥 배 말고도 과자 배가 따로 있다고 하더니만.

택중이 한숨을 쉬면서 방을 치우고 있을 때였다.

뚜듯 뚜두~ 뚜듯 뚜우~

야릇한 음악이 들려왔다.

석상처럼 굳어 버린 택중은 갑자기 한기를 느꼈다.

온몸의 솜털이 들고 일어나는 기분이었다.

스르르륵.

천천히 돌아간 택중의 눈에 방문에 기댄 채 그를 바라보는 여인이 비쳤다.

"우웅~"

다인이 슬립 차림으로 입술을 내민 채 이상한 소리를 내는 게 아닌가.

화들짝 놀란 택중이 뒤로 넘어지며 말을 더듬었다.

"뭐, 뭐, 뭐, 뭐하는 거야!"

당황했는지 주춤주춤 뒤로 물러나는 택중. 그런 그에게 천천히 다가오는 다인이었다.

"뭐하긴……. 그냥 술이나 한잔하자는 거지."

찰랑찰랑.

어디서 난 건지 와인잔을 들이미는 다인을 보면서 택중

은 침을 삼킬 수밖에 없었다.

그 순간이었다.

"깔깔깔깔깔깔깔!"

다인이 자지러지게 웃었다.

뿐만 아니라 바닥에 철퍽 주저앉아 발까지 동동 구르며 신나 하는 게 하는 게 아닌가.

그제야 택중은 당했다는 걸 깨달았다.

얼굴이 달아오른 채 그가 소리쳤다.

"놀리니까, 재밌냐! 재밌어?"

"깔깔…… 아우, 눈물 나."

한 손으로 눈꼬리에 달린 눈물을 훔치며 다인이 물었다.

"삐쳤어?"

"삐치긴 누가!"

다인은 환한 미소를 머금으며 와인잔을 내밀었다.

"자!"

"됐거든."

"받아. 축하주야."

"……?"

"……이제부턴 돌아와도 혼자가 아니라는 얘기랄까?"

"그, 그게 무슨 말이지?"

"글쎄? 무슨 말일까?"

배시시 웃고 있는 다인을 택중이 아득한 눈빛으로 바라보았다.

"에이, 뭘 또 그렇게 심각해진 거야?"

택중의 손에 와인잔을 억지로 쥐어 주며 다인이 택중의 바로 곁에 쪼그리고 앉았다. 엉덩이를 바짝 붙이며 그녀가 말했다.

"많이 컸네. 진짜."

그녀가 바라보는 시선을 쫓아 택중이 바라보니, 유진이 침대 위에 누워 있는 게 보였다.

"그러게. 어느새 저렇게 컸어."

정말이었다.

부모님이 돌아가시고, 고아가 되고 말았을 때만 해도 작고 여린 아이에 불과했었는데.

어느 사이 여고생이 되어 있었다.

택중이 회상에 잠긴 듯한 눈빛을 한 채 말이 없길 한참여. 다인 불쑥 말했다.

"그동안 고생 많았어."

머리칼을 쓰다듬는 손길에 택중이 눈을 감으며 대꾸했다.

"응."

스르륵.

그의 머리를 이끌어 가슴에 품고는 등을 두드려 주는 다인이었다.

*　　　*　　　*

먼동이 터 오기도 전에 눈이 떠진 택중은 누운 채로 잠시 멍하니 있었다.

어제는 다인과 함께 늦게까지 얘기를 나누다가 잠이 들었다.

그러니 늦잠을 자도 이상할 게 하나도 없었다.

한데도 이처럼 일찍 일어났다는 게 의아하기만 했다.

그렇다곤 하지만, 이제 와서 다시 잠을 청한다는 것도 이상하다. 아니, 의미가 없다고나 할까.

택중은 부스스 일어나 앉았다.

손을 뻗어 스마트폰을 켠 택중은 혀를 내두를 수밖에 없었다.

05:37

아직 여섯 시도 안 된 시간.

대체 이 시간에 뭘 해야 하나 고민하던 택중이 자리에서 일어났다.

　아무도 없는 방 안에서 침대를 정리하고 방바닥으로 내려왔을 때였다.

　짜라라라라! 우짜우짜! 서방! 문자 왔다!

　화들짝 놀란 택중이 스마트폰을 확인해 본다.

　"응?"

　뜻밖의 이름이 시선을 끌었다.

　'이 시간에 웬일이래?'

　삑.

　문자 메시지 아이콘을 터치했다.

　한 비서 010-XXXX-XXXX

　오전 05:50

　정리해서 보내 드리니 확인해 보시길 바랍니다.

　─ 첨부파일이 있습니다.

　'첨부파일?'

　뭔가 싶어서 터치해 보니, 문서파일이다.

'이건?'

알렉산더 대왕의 전략.
한니발이 알프스를 넘은 이유.
획기적인 제왕, 진시황!
명량해전은 어떻게 승리할 수 있었는가.

낮에 도서관에서 읽었던 책들의 제목으로 정리된 문서
였다.
택중이 놀람을 감추지 못하며 하나하나 열어서 확인해
보곤 더더욱 놀라고 말았다.
모두 열 페이지 미만의 분량이었다.
그 짧은 분량 안에 단순명료하게 정리된 내용들. 그러
면서도 체계적이고 논리적이었다.
감탄이 절로 나왔다.
안 그래도 어떻게 정리를 해서 머릿속에 집어넣어야 하
나 고민하고 있었는데……
'고맙다고 해야겠지?'
틱티딕틱틱.

고택중 010-XXXX-XXXX

오전 06:12

뭘 또 이렇게까지…….

여튼 고마워요, 한 비서님.

문자를 보내고 나서 일 분도 지나기 전에 답 문자가 왔다.

한 비서 010-XXXX-XXXX

오전 06:14

도움이 되었기를 바랍니다.

다소 짧은 문자를 보면서 택중은 피식 웃고 말았다.

문자만 보자면 살짝 차가운 듯한 인상이지만, 그 안에는 뭔가 따스함이 녹아 있다고 느꼈기 때문이다.

금테 안경을 고쳐 쓰며 어딘지 모르게 도도한 표정을 짓고 있는 윤정의 얼굴을 떠올리며 택중이 기지개를 폈다.

"우웅!"

방을 나서며 그가 중얼거렸다.

"슬슬 움직여 볼까?"

입꼬리가 기분 좋게 말아 올라가고 있었다.

제4 3장
대주주

이른 아침 도로를 질주하는 빨간 스포츠카는 사람들의 시선을 모으기에 충분했다.

하지만 조금 시간이 지나자 출근 시간이 되면서 도로가 막히기 시작했다.

부앙! 부아아앙!

스포츠카가 속도를 늦췄다.

빠앙! 빵!

어딘가에서 들려오는 크락션 소리를 들으며 택중이 고개를 내저었다.

"역시 서울은 복잡해!"

그로부터 삼십여 분이 지난 뒤에야 택중은 종로에 이를

수 있었다.

끼익.

세운상가 아래쪽 노상 주차장에 차를 세우고 내리자, 많은 사람들이 쳐다보는 게 보였다.

아무래도 그가 몰고 온 마세라티 스포츠카가 눈에 띄기 때문일 터였다.

'에휴! 트럭 몰고 다닐 때가 좋았는데……'

이렇게 생각하는 택중이었지만, 또 한편으로는 어깨가 으쓱해지는 기분도 들었다.

그때였다.

"오오! 죽음인데?"

"캬! 이 깔삼한 빛깔 하고!"

어딘지 모르게 껄렁한 말투에 택중이 절로 시선이 돌아갔다.

그리고 곧바로 움찔했다.

"응? 이게 누구야?"

화려한 남방을 걸친 중년 사내가 선글라스를 낀 채 느끼하게 웃고 있었다.

도쿠였다.

'제길!'

택중은 눈살을 찌푸리고 말았다.

그러거나 말거나 도쿠가 다가와 그의 어깨에 팔을 두르며 말했다.

"어이어이! 요즘 살림 좀 핀 모양이지?"

"하하…… 별로……."

"이봐, 괜찮으면 차 좀 몰아 봐도 되냐?"

빡빡 머리를 한 사내가 건들거리며 묻고 있었다.

이름이 망치라고 했던가?

택중이 고개를 살살 흔들었다.

"아뇨. 그거 빌린 거라서 말이죠."

"새끼가 비싸게 굴긴. 마! 네 것도 아닌데, 뭐 어떠냐? 그러지 말고……."

"네버! 절대 안 돼요!"

꾸욱.

그 순간, 도쿠가 팔로 택중의 목을 죄어 왔다.

"우리 사이에 왜 이래? 애들이 저렇게 좋아하잖냐? 응?"

'우리 사이가 어떤 사인데?'

택중이 얼굴을 찌푸리며 다시 한 번 고개를 내저으려는데, 사내들이 앞으로 나서더니 택중의 손에서 열쇠를 낚아채려고 했다.

자연히 택중이 손을 뒤로 빼며 외쳤다.

"안 된다니까요!"

듣기로 차랑 마누라는 빌려주는 게 아니라더라.

친구는커녕 형제한테도 그래선 안 된다고 하던데, 하물며 저런 놈들한테 차를 맡겼다가는…….

그야말로 고양이한테 생선을 맡기는 꼴이 될 게 틀림없었다.

아무리 박 대령과 친분이 있는 자들이라도 양아치나 다름없는 놈들을 믿을 수 없지 않은가.

그러다 보니 택중은 결사적으로 거절의 의사를 외친 셈이었다.

하지만 그런 그의 태도가 놈들의 비위를 상하게 한 모양이었다.

"어쭈? 이게 간뎅이가 부웠네?"

"확 그냥 막 그냥! 창자를 꺼내 목에다 확 둘러 줄까?"

"킬킬킬. 이런 새끼들이 꼭 있어요. 어디 한 군데 뚝! 부러져 봐야 정신을 차린다니까!"

망치를 비롯해서 작두, 오도시, 짝귀 등 하나같이 연장에 공구 이름을 지닌 놈들이 험악한 인상을 앞세워 다가왔다.

그리고 마침내 올 것이 왔다.

와락!

도쿠가 택중의 두 팔을 붙잡곤 세게 끌어안았다.

옴짝 달싹하지 못하게 된 그를 향해 망치가 몸을 날렸다.

"크하하하! 잘 몰게!"

벌써 자신의 차라도 된 듯 웃어 젖히는 망치였다.

낭패한 기색이 된 택중이 일순 얼굴이 굳어져 소리친 것도 그때였다.

"싫다니까!"

휘릭휘리리리릭.

대체 어떻게 한 건지, 어느새 택중의 몸이 도쿠의 등 뒤에 있었다.

두팔을 움켜쥐며 고통에 신음하는 도쿠의 등 뒤에서 택중이 소리쳤다.

"왜, 왜들 이래요?"

"이런 개XX! 너 이 XX 일루 안 와?"

"뭘 말로 하고그래? 좋은 주먹 놔두고! 확 조져 버리자니까!"

험악한 말들이 쏟아지며 놈들이 택중을 둘러싼 채 달려들었다.

그 순간, 택중의 신형이 빛살처럼 늘어졌다.

이어 들려오는 타격음.

퍼버버버버벅.

"컥!"

"끄아악!"

"으아아아악!"

비명이 터지고 난 뒤, 택중의 헐떡이는 소리만 들려올 뿐이었다.

"헉헉헉! 그러니까…… 싫다고 했잖아요."

나직하게 중얼거리는 그를 바닥에 나뒹굴고 있던 놈들이 올려다보며 끙끙거렸다.

그런 그들 중에는 도쿠 역시 섞여 있었다.

택중이 한 걸음 앞으로 나섰다.

"저기, 때려서 미안……."

열쇠를 쥐고 있지 않은 손을 내밀던 택중. 반면 흠칫한 도쿠가 자리에서 벌떡 일어나더니 황급히 뒤돌아서 내달리기 시작했다.

그와 거의 동시에 놈들이 자리를 박차고 일어나 도망가기 시작했다.

그런 그들 중 성한 자들은 단 한 명도 없었다.

도쿠는 왼팔이 부러진 건지 힘없이 덜렁거리는 걸 오른손으로 감싸고 있었고, 다른 이들도 어디 한 군데는 부러지거나 부어올라 있었던 것이다.

심지어는 다리가 다쳤는지 절뚝거리며 힘겹게 뛰고 있는 놈도 있었다.

"하아……!"

귀찮은 일에 휘말렸다는 생각에 택중이 한숨을 내쉬었다.

그때 저만치서 악다구니가 들려왔다.

"너 이 새끼! 다시 만나면 내 손에 죽을 줄 알아!"

"씨바! 네가 그러고도 여길 또 올 수 있을 줄 아냐!"

이층으로 통하는 계단 끝자락에서 도쿠의 쌍소리에 장단 맞추듯 놈들이 외쳐 대고 있었다.

그 바람에 성질이 난 택중이 고개를 홱 들어 눈을 번뜩이자, 놈들이 흠칫해서는 재빨리 돌아서 도망갔다.

그 모습을 보면서 택중이 다시 한 번 고개를 내저었다.

"아이 씨, 대령님한테 뭐라고 말하지?"

놈들의 엄포 따윈 조금도 두렵지 않았다.

하지만 동업자라 할 수 있는 박 대령에겐 미안하기만 하다.

이랬건 저랬건 박 대령에게 형님이라고 부르는 자들이고, 그게 아니더라도 박 대령이 여기서 계속해서 일을 하려면 저놈들과는 얼굴을 부딪히지 않을 수 없기 때문이었다.

바로 그때였다.

"괜찮아."

"헉!"

돌아선 택중의 눈에 박 대령이 비쳤다.

"어차피 저놈들도 나도 진심이 아니란 거지."

"그렇다곤 해도……."

"괜찮다니까 그러네. 그나저나 자네 꽤 하잖아? 특히 그 돌려차기는 일품이었다고!"

엄지를 치켜세우며 빙그레 웃는 박 대령이었다.

반면 택중은 이렇게 말해 주는 그가 고마워서인지, 오히려 눈을 제대로 들지 못하고 중얼거리듯 말했다.

"죄송해요."

"뭘, 자네가 잘못한 게 뭐 있다고. 다 저놈들이 강짜를 부리고 심지어는 협박까지 하다가 저리됐는데. 아마 자네가 손쓰지 않았으면, 오히려 반대로 자네가 당하고 말았을걸? 그러곤 그걸 빌미로 자네에게 제대로 삥을 뜯으려 했을지도 모르지."

의미심장하게 웃고 있는 박 대령을 보면서 택중은 저도 모르게 '삥'이란 단어가 신경 쓰였다. 동시에 그의 뇌리에 이제는 자신의 애마가 된 마세라티 스포츠카가 떠올렸다.

부르르르르.

순간 분노한 택중의 어깨를 박 대령이 한 손으로 툭 치면서 말했다.

"거봐! 화나지?"

"그렇긴 하네요."

화를 가라앉히며 말하자, 박 대령이 키킥 거리며 그의 손을 이끌었다.

"……?"

"자자, 얼른 타라고."

그가 이끈 곳은 다름 아닌 자신의 스포츠카 앞이었다.

영문을 몰라 하는 택중에게 박 대령이 친절하게 설명했다.

"갈 데가 있다니……."

바로 그때, 굉장한 소리와 함께 차 한 대가 나타났다.

부르르르르르릉.

조금 과장해서, 작은 집한 채는 너끈히 들어갈 만한 크기의 그것은 컨테이너 차량이었다.

놀란 택중이 눈을 휘둥그렇게 뜨는데, 컨테이너 차량의 뒷문이 열렸다.

끼기기기긱.

자동인지, 서서히 열리는 뒷문은 소름끼치는 마찰음과 함께 벌어지며 마침내 드러난 내부. 그 모습에 택중의 눈이 더욱더 커지고 말았다.

기이이이잉.

뭔가 발판 같은 것이 내려와 땅에 닿는 순간, 박 대령이 말했다.

"뭐하나? 어서 타지 않고?"

"저길 올라가자고요?"

택중이 손가락을 들어 컨테이너 트럭을 가리켰다가 자신의 차를 보았다.

그 모습이 꼭 이렇게 말하고 있는 것 같았다.

'제 차를 타고 저걸 타서…… 그래서 어쩌시려구요?'

납치?

감금?

별의별 생각이 다 떠올라 눈가를 부들부들 떨고 있을 때였다.

탁!

박 대령이 택중의 등을 가볍게 치며 외쳤다.

"자자! 얼른 출발하자고!"

"그치만……."

"응? 무슨 문제 있나?"

"그래도……."

"흠, 뭔가 오해가 있는 거 같은데?"

"……."

"아무래도 내 생각이 맞는 거 같군."

씨익.

박 대령은 택중의 속내를 알겠다는 듯 싱긋 웃었다.

그러곤 말했다.

"아무런 걱정할 거 없네."

"그건 그렇죠."

사실이다.

백 프로라곤 말하지 못하겠지만, 그래도 택중은 박 대령을 어느 정도 믿고 있었다.

누가 뭐래도 동업자니까.

그것도 현재로서는 뗄래야 뗄 수 없는 관계가 아닌가.

그럼에도 뭔가 미심쩍은 기분에 택중이 선뜻 움직이지 못하고 있다가 이내 결심을 굳힌 모양이었다.

한 차례 고개를 끄덕인 택중이 리모컨의 버튼을 눌렀다.

삐— 익!

차문이 열리고 안으로 미끌어지듯 탔을 때, 박 대령이

반대편 조수석 쪽 문을 열고 있었다.

"……?"

"왜 그러나?"

문을 열고 자리에 앉으며 박 대령이 묻자, 택중이 되물었다.

"같이 타고 가시려구요?"

"그럼?"

"저거 타고 가실 거 아니었어요?"

"무슨 소린가? 좋은 차 놔두고 내가 왜?"

"하긴."

"쓸데없는 소리 말고 어서 저기로 차나 몰기나 하게."

"오케이. 알았어요!"

부릉, 부르르릉.

엔진이 살아나는 순간, 택중이 차를 몰아 컨테이너 안으로 돌진했다.

그러면서 물었다.

"근데, 저희 지금 어디 가는데요?"

"엉? 내가 말 안 했나?"

"안 했는데요."

"인천."

"인천이요?"

"정확히는 영종도."

"거긴 왜?"

"그야……."

"……."

"이사했으니까."

"……!"

"하하하하하! 안 그래도 자넬 부를 참이었다니까! 자자! 오늘은 신나게 놀아 보자구! 내가 한턱 낼 테니까! 이사턱이라고 생각해도 좋구!"

껄껄 웃고 있는 박 대령을 어이없다는 듯 쳐다보다가 택중이 저도 모르게 미소 지었다.

＊　　　　＊　　　　＊

컨테이너 내부는 창문이 없었기 때문에 어디를 달리고 있는지 알 길이 없었다.

하지만 불안한 마음은 없었다.

박 대령이 함께 있었기 때문이기도 하지만, 무엇보다도 이미 그들이 향하는 목적지를 알고 있었던 까닭이다.

'왜 하필 영종도지?'

아무래도 국제공항이 그곳에 있어서이지 않을까 조심스

럽게 생각해 보는 택중이었다.

트럭이 달리는 중에도 그들은 스포츠카 안에서 나오지 않고 있었다.

컨테이너 안에는 의자는 고사하고 아무것도 없었기 때문이다.

그렇게 한참을 달리는 동안, 박 대령과 별스럽지 않은 수다를 떨고 있었다.

얼마나 시간이 지났을까.

조금쯤 지루하다는 생각이 들었을 때 덜컹하며 차가 멈춰 섰다.

"도착한 모양이군."

박 대령의 말이 끝나기도 전에 기계음이 들려왔다.

기이이이이잉.

뒷문이 열리며 햇볕이 쏟아져 들어왔다.

"이 차, 후진이 안 되는 건 아니겠지?"

박 대령이 농담 같지도 않은 농담을 던지곤 웃음을 터뜨리고, 택중이 피식 웃으며 차를 후진시켰다.

이윽고 스포츠카를 몰아 밖으로 나온 택중은 자신을 맞이한 광경에 어처구니없어지고 말았다.

'뭐야 이거?'

황량한 들판이 그들을 맞이하고 있었던 것이다.

아니, 정확히는 아무것도 없다시피 한 들판에 덩그러니 서 있는 창고 하나가 있었다.

새로 지은 것인지, 외관은 깨끗했지만 아무리 보아도 간이 벽체다. 장사 때문에 안 가 본 적이 없는 택중이었기에 그것이 무엇인지는 금세 알 수 있었다.

샌드위치 판넬.

얇은 양철 사이에 두꺼운 스트로폼이 껴 있는 벽체를 이어 붙여 세운 건물이었던 것이다.

창고를 짓는 데 유용한 재료지만, 요새는 집을 짓는 데도 곧잘 사용될 만큼 시공이 간편하다.

대신, 불에 약하다는 단점이 있었다.

만일 창고를 지을 생각이라면 절대로 쓰지 말아야 할 재료이기도 했던 것이다.

게다가 창고 치고는 건물의 크기도 작다.

한눈에도 백 평이 안 되는 넓이였던 것이다.

그렇다고 해서 이층, 삼층으로 지어진 것도 아니고……

그저 일반적인 높이의 낮은 건물에 불과했다.

"정말 여긴가요?"

믿지 못하겠다는 눈으로 그가 묻자, 박 대령이 가슴을 내밀며 기분 좋게 말했다.

아니, 그러려고 했다.

그 순간이었다.

"늦었어요. 얼른 들어가요."

뒤쪽에서 들려오는 음성에 택중이 고개를 돌렸다.

그리고 놀랐다.

늘씬한 미녀 하나가 서 있었던 것이다.

그것도 길고 탐스러운 금발 머리칼과 새하얀 피부, 그리고 파란 눈동자를 지닌 여인이었다.

뿐만 아니라 입고 있는 옷도 파격적이었다.

탱크탑이라고 하던가?

배꼽이 드러나 보이는, 그러면서도 몸에 딱 달라붙는 회색 상의는 TV에서 보던 것보다 더욱 과감했다.

어깨 부분이 없었고, 가슴에서 곧바로 목까지 이어지는 디자인이었던 것이다.

또한 골반에서 시작되는 오렌지색의 바지는 스키니 해서 수영복이라고 해도 믿을 정도였다.

다만 무릎까지 이어지는 길이 때문에 그런 오해는 하지 않겠지만, 어찌 되었든 선정적인 것만은 틀림없었다.

이처럼 어디다가 눈을 둬야 할지 민망한 옷을 입고 있는, 그럼에도 무척이나 잘 어울리는 미녀의 눈을 똑바로 보지 못한 채 택중이 고개를 숙여 보였다.

그러나 미녀는 택중 따위에겐 관심도 없다는 듯 박 대령에게 말했을 뿐이다.

"보스노 비스탈 니 모야 비나(늦은 건 내 탓이 아니다). 니 두모우, 쉬토 야 부두 코시트 바즈나그라지드지냐(보수를 깎을 생각은 하지 마라)."

"카라쇼(오케이)! 니 발누이샤(걱정하지 마라)."

두 사람의 대화를 들으며 택중은 알아차렸다.

'러시아인?'

아니, 어쩌면 우크라이나나 다른 나라의 사람인지도 모른다.

어느 쪽이 되었든 슬라브 계통의 여인임은 알 수 있었다.

'이럴 줄 알았으면 러시아 어도 익혀 둘걸.'

보따리 장사를 하면서 간혹 러시아인들도 만났기에 아주 모르는 건 아니다. 하지만, 그렇다고 해서 자유롭게 대화를 나눌 정도는 아니었던 것이다.

솔직히 상대가 빠르게 말하면 반에 반도 알아듣지 못하는 수준이었다.

그럼에도 택중은 느낄 수 있었다.

어쩐지 눈앞의 미녀가 기분 나빠 한다는 것만은 알 수가 있었다.

다만, 그 까닭은 알지 못했기에 고개를 갸웃거리고 있을 때였다.

"아, 소개하지. 이쪽은 택중. 그리고 여기는 나타샤."

"오비젬쉐 피아뷔(처음 뵙겠습니다)."

택중이 다시 한 번 고개를 숙이며, 그나마 알고 있던 러시아 말 중에 하나인 인사를 건네자 상대는 눈을 빛냈다.

뜻밖이라는 표정이었다.

하지만 그뿐이었다.

그저 고개만 끄덕여 보이곤 그대로 걸음을 내디뎌 창고 쪽으로 향하고 있었다.

그런 그녀의 뒷모습을 보면서 박 대령이 옅게 미소 지었다.

"뭐, 보다시피. 성격이 조금 까칠하긴 하지만, 일 하난 끝내 주니까."

어깨까지 으쓱해 보이는 박 대령에게 택중이 마주 웃어 주며 걸음을 내디뎠다.

그 순간, 나타샤가 창고 문을 열어젖혔다.

그그그그, 텅!

문을 열고 다시금 몸을 돌려 걸어온 나타샤가 트럭에 올라탔다.

부르릉.

거침없이 차를 몰아 창고 안으로 들어가는 걸 보면서 택중이 눈을 깜빡이자, 박 대령이 말했다.

"자넨 어쩔 텐가? 아무래도 안쪽에 넣는 게 좋겠지? 비싸 보이는데?"

턱짓으로 마세라티 스포츠카를 가리키는 박 대령에게 택중이 고개를 끄덕였다.

＊ 　　　 ＊ 　　　 ＊

그그그그그, 텅!

창고 문이 다시 닫히는 소리를 들으며 자신의 애마에서 내린 택중은 지금까지 자기가 얼마나 큰 착각을 했는지 깨달았다.

창고 내부는 아무것도 없었던 것이다.

천장에 매달려 있는 십여 개의 형광등이 불을 밝히고 있는 가운데, 텅 빈 내부는 아무리 둘러봐도 창고라고 보기 어려웠다.

새로 지은 티가 팍팍 나는 깔끔한 벽체와 함께 철판으로 마무리된 바닥만이 있을 뿐이었다.

"뭐하나?"

박 대령의 목소리에 정신을 차린 택중이 돌아섰다.

그리고 얼어붙었다.

지이이이이잉.

창고, 아니 주차장이라고 보아도 무방한 건물 한가운데에서 뚜렷한 변화가 일어나고 있었던 것이다.

엉덩이를 쭉 빼고 마치 고양이처럼 엎드려 있는 나타샤 앞으로 바닥이 갈라지고 있었다.

"비밀 통로군요?"

택중이 물었고, 박 대령이 대답했다.

"뭐, 최소한 보안이라고나 할까?"

"과연."

최첨단이라고까지는 말 못하지만, 그래도 급박한 사태가 벌어졌을 때 약간이나마 시간을 벌어 줄 게 틀림없었다.

하지만, 왜 이렇게까지 보안에 신경을 쓰는 거지?

일순 택중이 고개를 갸웃거리자, 박 대령이 그에게 다가와 어깨동무를 하며 이끌었다.

"자넨 다 좋은데, 생각이 너무 많아."

의미심장한 웃음을 흘리며 그가 앞으로 내딛자, 택중은 절로 끌려가듯 뒤따를 수밖에 없었다.

그사이 나타샤가 몸을 일으키고 있었다.

승용차 한 대가 고스란히 빠질 만한 너비의 공간이 생겨나고 나서야 기계음은 그쳤다.

　나타샤가 서슴없이 아래로 몸을 날리고, 박 대령과 함께 발을 내딛던 택중은 알게 되었다.

　'계단이구나.'

　그와 박 대령이 십여 개의 계단을 내려왔을 때 천장, 즉, 위쪽에서 보자면 바닥인 덮개가 닫히기 시작했다.

　지이이이이잉.

　그 순간, 계단부가 밝아졌다.

　벽면에 불이 들어오며 전체가 환해진 것이다.

　택중이 감탄했다는 눈빛을 해 보이며 박 대령을 따라 계단을 내려간 지 오 분여.

　마침내 바닥에 내려선 그를 맞이한 것은…….

　'헉!'

　놀라지 않을 수 없었다.

　설마 이런 시설이 이곳에 있으리라곤 상상치도 못한 탓이었다.

＊　　　　＊　　　　＊

　탁자를 사이에 두고 마주 앉은 두 사람. 택중이 물었다.

"저런 걸 가지고 있어도 되는 겁니까?"

"안 될 건 또 뭐 있지?"

"불법이잖아요?"

"불법? 무슨 불법?"

"총기류는 국가로부터 허가를 받지 않고는 소지할 수 없는……."

"허가 받았는데?"

"에에?"

깜짝 놀란 택중이 뒤돌아보며 눈을 동그랗게 떴다.

벽면에 가득하게 걸려 있는 총들과 그 아래에 수북하게 쌓여 있는 상자들.

틀림없이 탄환이 가득할 게 분명한 그것들을 보면서 택중은 의아하지 않을 수 없었다.

그런 그에게 박 대령이 느긋한 표정으로 말했다.

"어디까지나 사냥용 총이라고."

"아!"

"그래. 모양은 제법이지만 그저 수렵용으로 제조된 총이지. 당연히 당국으로부터 받은 허가증들도 함께고. 그러니 문제될 게 없잖아?"

"그야, 그렇지만……."

"것보다는 그렇게 불안해할 거면서 그땐 왜 총을 구하

러 다닌 건가?"

"아니, 그러니까……."

대답이 옹색해지고 만 택중이었다.

반면 박 대령은 한결 여유로워진 말투로 말했다.

하지만 그의 입술 사이로 쏟아져 나온 말은 전혀 가볍지 않았다.

"어디까지 일부만이야."

"예?"

"여기서 저기까지만 사냥용이고. 저쪽에서부터는 진짜 총들이라는 말이지."

"헉!"

"아이고! 벌써부터 놀라면 어쩌자는 건가? 조금 있다가 다른 것들까지 보게 되면 기절하겠군그래."

"……."

아무런 말도 하지 못하는 택중이었지만, 몸이 떨리는 걸 멈추지도 못했다.

당연한 얘기다.

중원을 오가게 되면서 평생 일해도 못 모을 재산을 거머쥐었다.

뿐만 아니라 이 시간에도 그의 재산은 착실하게 불어나고 있었다. 물론 여기엔 한 비서를 비롯한 인재들이 그의 부하직원으로 포진되어 있기에 가능한 일이었다.

어찌 되었든 이제야 비로소 마음 편히 살 수 있게 되었다고 생각하던 택중이다.

딱히 정해 놓은 꿈은 없지만, 적어도 여동생의 행복만큼은 이뤄 줄 수 있다고 확신하던 그였으니까.

하지만, 이렇게 불법과 관련된 일을 하게 되면 얘기가 틀려진다.

당국의 수사기관이나 군부의 추적에 걸려서 이곳이 발각되기라도 하면, 그래서 혹시라도 그가 여기에 왔었다는 게 알려진다면 그보다 큰일도 없을 터다.

아니, 그전에 박 대령과 깊은 관계에 있는 그가 용의자 선상에 오르지 않을 리가 없다.

적어도, 단순히 '놀러 왔었던 것뿐입니다.' 로 끝날 일은 아닌 것이다.

뭐랄까. 공범, 어쩌면 주범으로 몰려서 꼼짝없이 철창행이 될 거다.

뿐인가.

그가 지닌 재산도 수단과 방법을 가리지 않고 벌금으로 추징할지도 모른다. 그렇게 되면 미래는 사라진다.

그렇게 된다면 자신뿐만 아니라 여동생과의 행복도 산산조각나리라.

생각하는 것만으로도 눈앞이 캄캄해진 택중은 지금 그의 귓가로 들려오는 목소리가 하나가 머릿속에 들어오지 않고 있었다.

그저 웅웅거리며 머리만 울릴 따름이었다.

콱!

그러자, 박 대령이 택중의 어깨를 거칠게 잡고 흔들었다.

"이봐! 왜 그러나?"

"……?"

그저 고개만 쳐들고 박 대령을 올려다보는 택중에게 들려온 말은 뜻밖의 얘기였다.

"이런. 조금 놀려 줄 심산이었는데……. 하아! 하긴, 내가 자네라도 그러긴 할 테지만. 잘 듣게. 자넨 지금 오해를 하고 있는 거야. 여기 있는 것들이 대부분 병기들이긴 하지만, 그렇다고 해서 불법은 아니란 말일세."

"정말인가요?"

"내가 자네에게 거짓말을 해서 뭘 하나?"

"하지만 아까는?"

"뭐, 이 지하에 있는 것들은 전부 무기들이니 내용만 놓고 보자면 불법적인 것들인 게 맞지. 하지만……."

"……."

"우리가 만들었거나, 가지고 있기 때문에 불법이 아닌 거란 얘기지."

"그게 대체 무슨 말인지?"

"음, 간단히 말하자면……."

박 대령이 입매를 휘며 한 템포 쉰 뒤 말했다.

"여기가 연구소이기 때문이지."

"여, 연구소요?"

"그렇지."

"무슨 연구소……."

"뭐긴, 병기를 개발하는 연구소지."

"그런 건 언제 세우셨는데요?"

"세우긴?"

"……?"

"회사를 통째로 사 버렸지."

헐!

기가 막힌 심정이 된 택중이 입을 떡 버렸을 때, 박 대령이 말했다.

"어떻게? 안쪽까지 구경해 볼 텐가?"

"그럴까요?"

박 대령이 앞장서고, 그 뒤에 택중이 따라붙었다.

길다란 형태로 뻗어 있는 방을 걸으면서 박 대령이 설

명했다.

"저기 있는 게 총기류고, 이쪽이 화약류라네. 그리고 저쪽에 보이는 유리로 된 방이 연구실인데……."

설명을 들으며 바라보니, 유리방 안에는 대여섯 명의 연구진이 있었다. 그중에 한 명 아는 얼굴을 발견한 택중이 눈을 크게 떴다.

"맞네. 나타샤도 연구원이지. 그녀뿐만이 아니라, 대부분의 연구원은 러시아 인들이지."

그러고 보니, 이곳에 있는 직원들은 모조리 외국인이었다.

"당연한 거랄까. 회사 자체가 원래 러시아 회사니까."

"그런가요? 외국 회사를 사기가 쉽지 않았을 텐데……."

"뭐, 워낙 궁핍한 회사였으니. 말하자면 도산 직전의 회사를 인수했다고 보는 게 맞을 걸세. 게다가 국제 정세와 맞물려 루블 가치가 바닥을 치고 있어서인지, 그다지 많은 돈이 필요친 않았네."

"아, 그렇구나. 그래서 얼마나 들었는데요?"

"오천만 달러."

"아아, 오천만 달러밖에 안 들…… 엑? 오, 오천만 달러요?"

"응, 오천만 달러."

오천만 달러면 한화로 550억 원 가량.

도산 직전의 회사를 구입한 거 치고는 거금이라 할 수 있었다.

놀라는 택중을 스윽 바라보며 박 대령이 말했다.

"놀라긴."

"대체 그런 돈이 어디서 나서……."

"뭐, 내 전 재산을 쏟아부었지. 그래도 그걸로도 어림도 없는 얘기였겠지만, 동업자가 있으니까 해치워 버렸지."

"동업자?"

"응? 내가 말 안 했나?"

"뭐가요?"

"지난번에 자네가 가져다준 물건들을 모조리 팔아 치워서 남은 수익 말일세."

슬슬 불안해지는 택중이었다.

아니나 다를까, 다음 순간 박 대령에게서 흘러나온 얘기에 놀라지 않을 수 없었다.

"자네 몫으로 배분될 300억을 여기에 투자한다고 연락했었던 것 같은데?"

"언제요!"

"문자로 보냈잖나?"

"무, 문자……?"

중원에 가 있는 동안에 보내 온 게 틀림없다.

그렇다곤 하더라도 이처럼 중차대한 문제를 겨우 문자 한 통으로 끝내다니. 게다가 일방적인 통보라는 점에서 몹시 화가 나는 택중이었다.

얼굴이 달아오른 택중이 막 화를 내려는 참이었다.

"그랬더니, 자네가 한윤정 양을 보내지 않았나?"

"한…… 비서?"

갑작스런 이름이 등장하자, 택중은 그만 저도 모르게 걸음을 멈추고 말았다.

'가만, 내가 그런 지시를 내린 적이 있었던가?'

고개를 갸웃하던 그가 물었다.

"혹시 이 회사 주식을 상장했던가요?"

"아니, 아직은 그럴 생각이 없네만."

'그럼, 한 비서가 얘기했던 벤처 기업은 아닌 모양이 고….'

잠시 생각에 잠기던 택중이 품에서 스마트폰을 꺼내며 다시 물었다.

"잠깐, 전화 좀 써도 될까요?"

"안 되네."

"……?"

"안타깝지만, 여기선 자네만 아니라 누구라도 함부로 외부와 연락할 수 없다네."

"……!"

"흐흐흐. 하지만, 아주 방법이 없는 건 아니지."

스윽.

박 대령이 품에서 핸드폰 하나를 꺼내 내밀었다.

"수뇌진만이 쓸 수 있는 폰이 따로 있거든."

수긍한다는 표정이 된 택중이 전화기를 받았다.

그리고 곧바로 윤정에게 전화를 걸었다.

뚜루루루루루.

벨이 울리고, 얼마 뒤 수화기 너머에서 익숙한 음성이 들려왔다.

"한윤정입니다."

"아, 저…… 택중입니다."

"안녕하십니까, 회장님. 한데, 이 번호는……."

"조금 사정이 있어서요. 근데 말이죠. 한 가지 확인할 게 있어서 말이에요."

"물어보십시오. 아는 한도에서 말씀드리겠습니다."

여전히 사무적인 말투라고 생각하며 택중이 물었다.

"혹시 박 대령님을 만나신 적이 있나요?"

잠시 말을 아끼는가 싶더니, 윤정이 대답했다.

"작은 키에 과체중인 중년 남자분을 말씀하시는 거라면…… 그렇습니다. 회장님께서 안 계실 때 만나 뵙습니다."

뜨악!

'정말이었단 말이네!'

"그래서 계약했단 말이군요?"

"그야 회장님 방침이시니, 따를 수밖에요."

"예에? 그게 무슨?"

"투자는 물론 지출 관리 및 수익증대에 대한 모든 걸 회사에 일임하셨다는 말씀입니다."

"뭐, 그랬긴 한데…… 이번 건은 조금 다른 거 같은데요? 아무래도 제 사적인 돈이고……."

"상관없다고 판단했습니다. 어차피 회사에서 벌어들이는 돈들도 전부 회장님 돈이기에 같은 맥락에서 이해했습니다. 그리고 제가 투자 제안서와 회사 재정 분석 자료를 꼼꼼히 체크해 보니, 박 이사님의 제안이 꽤 매력적이라고 판단했습니다. 또한 계약서 자체도 불리하지 않은데다가 특약 사항으로 이쪽에서 원하면 언제라도 계약을 무효화해 아무런 위약 조건 없이 해지할 수 있다는 조항까지 있으니 일단 회장님 명의로 싸인했습니다만."

대충 어떻게 된 일인지 알 만했다.

한마디로 말하면, 박 대령은 박 대령대로 급전이 필요
했던 거고, 윤정은 윤정대로 꽤 투자 가치 높은 회사에 나
름의 안전 장치가 되어 있는 계약을 한 것일 테다.

"알았어요. 그 문젠 나중에 다시 얘기하죠."

전화를 끊은 뒤 택중이 아무런 말도 하지 않자, 박 대
령이 슬그머니 물어 왔다.

"어떻게? 지금이라도 자네 지분을 빼 줄까? 뭐, 참고
로 말하자면, 자네랑 나는 각각 50%씩 주식을 소유하
고 있네. 다시 말해 둘 다 대주주인 셈이지. 움하하하하
하!"

기분이 좋다는 듯 웃던 박 대령이 갑자기 웃음을 그치
며 덧붙였다.

"아, 이 얘길 빼먹었군. 이번에 국방부와 전격적으로
계약을 체결했다네. 차세대 전투복 등 군비 몇 종에 대한
개발 및 납품에 대한⋯⋯."

"좋아요."

"잉?"

"하던 대로 하죠."

"오옷! 역시!"

"대신, 전화로 말씀드린 건 확실하게 준비해 주셔야 해요."

"이를 말인가. 걱정 말게나."

씨익 웃으며 박 대령이 택중을 이끌었다.

얼마 뒤 방을 나와 복도를 통과한 그들이 도착한 곳은 흰색으로 칠해진 작은 방이었다.

그곳에는 작은 탁자와 쇼파만 있을 뿐이었다.

털썩.

자리에 앉으며 박 대령이 탁자 한쪽에 붙어 있는 버튼을 눌렀다.

삐이익.

부저음이 울리고 난 뒤, 여인의 음성이 들려왔다.

"이사님, 뭘 도와드릴까요?"

"아, 일전에 말했던 거 가져와요."

"알겠습니다."

박 대령이 택중에게 물었다.

"아참, 깜박했군. 차라도 한잔 할 텐가?"

버튼을 다시 누를 셈인지, 손을 뻗고 있는 박 대령에게 택중이 고개를 내저어 보였다.

그러곤 물었다.

"그나저나 이런 곳은 보안이 철저해야 할 텐데, 겨우

이 정도로 되겠어요?"

도착했을 때 본 창고 건물이 일종의 위장이란 걸 알겠는데, 쉽게 열리는 문이며 지하로 통하는 비밀 통로 등도 꽤 허술한 것 같아 묻는 거였다.

"아, 그건 걱정 말게."

"……."

"어차피 본사는 러시아에 있으니까."

"그렇군요!"

"게다가 자넨 트럭 안에 있어서 보지 못했겠지만, 정부에 허가를 얻을 때 국방부와도 계약을 체결해서 이 근방 일대는 민간인 출입금지 구역이라네. 철책으로 둘러쳐 있으니, 아무나 드나들 수 없다는 거지."

뭐, 그렇다면 안심이지만.

택중이 알겠다는 듯 고개를 끄덕이고 있을 때였다.

똑똑!

노크 소리와 함께 익숙한 목소리가 들려왔다.

"들어가도 됩니까?"

"들어와요."

문이 열리고 모습을 드러낸 것은 나타샤였다.

그리고 그녀가 들고 있는 것은…….

"설마, 저건가요?"

택중이 자리에서 벌떡 일어나며 묻자, 박 대령이 거침
없이 웃음을 터뜨렸다.

"크하하하하! 역시 자넨, 보는 눈이 있구만!"

"마, 말도 안 돼!"

택중은 떡 벌어진 입을 한 채 석상처럼 굳어 버렸다.

제44장
밝혀지는 진실

눈앞에는 익숙한 물건이 있었다.

황당함을 넘어 당황스럽게 만드는 것이었다.

절로 입 밖으로 튀어나온 말투는 거칠 수밖에 없었다.

"이게 뭡니까!"

"뭐긴…… 자네가 부탁했던 것 아닌가?"

"언제 제가 이런 걸 부탁했단 말이에요! 전화로 설명 드렸잖아요! 최대한 부피가 적고, 되도록 몸에 지닐 수 있는 걸로! 그러면서도 위력적이어서 만약 싸움이 난다면 도움이 될 만한 걸로 구해 달라고!"

솔직히 빙빙 돌려서 말하긴 했지만, 총알이라도 구해주길 바라며 말했던 거였다.

그렇게 된다면 자신이 가지고 있는 총도 제법 쓸 만해질 테니, 이번에 중원에 돌아가게 된다면 큰 도움이 될 거라고 여겼던 거다.

한데, 눈앞에서 박 대령이 들고 있는 것은……

"크윽! 내, 내복이라니!"

검은 천으로 만들어진 옷은 한눈에도 속옷. 얇지만 따뜻하다는 카피 문구가 딱 어울릴 만한 내복. 그 이하도 이상도 아니었던 것이다.

"내복?"

박 대령이 천연덕스럽게 되묻고 있었다.

화가 난 택중이 소리쳤다.

"그럼 뭔데요!"

살랑살랑.

박 대령이 손가락을 들어 흔들고 있었다.

그러다가 옅은 미소와 함께 말했다.

아니, 그러려는 순간 나타샤가 끼어들었다.

"택중 씨라고 했죠?"

다시 한 번 느끼지만, 몹시 능숙한 한국어 실력이다.

한마디로 언어적으로도 천재라는 얘기. 하긴, 어지간한 실력이 없으면 취직은커녕 밥 먹고 살기도 어렵다는 러시아에서 군수회사의 연구원이 된 여자니, 꽤 좋은 대학을

졸업한 재원일 게 틀림없었다.

"내복이라는 게 추운 겨울을 나기 위해서 속옷과 겉옷 사이에 입는 걸 말하는 거라면⋯⋯."

택중이 머뭇거리자, 나타샤가 얘기를 이어 가고 있었다.

"빙고!"

"⋯⋯?"

"당신 말은 정확했어요!"

"크⋯⋯ 역시!"

"하지만, 이건 그냥 내복이 아니에요!"

"⋯⋯!"

"좀 더 확실하게 말해 볼까요? 내복이긴 하지만, 차라리 겉옷이나 외투 따윈 거추장스러운 걸로 만들어 버리는 스페셜한 아이템이라고 할 수 있죠."

"그게 무슨 뜻이죠?"

"말 그대로예요."

자부심이 가득한 눈길로 검은 천으로 만든 내복을 바라보며 나타샤가 다시 말했다.

"혹시 E.coli 섬유라고 들어 봤나요?"

"아뇨."

"차세대 첨단 섬유라고 생각하면 돼요. 내구성도 좋을

뿐더러 가볍죠. 한마디로 튼튼한 섬유라고 생각하면 되는데, 여기서 튼튼하다는 건……."

"……."

"그걸로 천을 만들면 총알조차 뚫을 수 없을 만큼이란 얘기예요."

"헉!"

"하지만, 비싸죠. 획기적인 만큼 만들기 어렵고, 그렇기 때문에 비싼 거야 어쩔 수 없는 거겠지만, 비싸도 너무 비싸다는 게 흠이라면 흠이죠."

대체 얼마나 비싸기에 저렇게 몇 번씩 강조하는 걸까.

택중이 의아해할 때, 나타샤가 만난지 처음으로 웃었다.

"130,000달러!"

"킥!"

"맞아요. 한국 돈으로 따지면 1억 3,000만 원 쯤 되는 거죠. 상당히 비싸죠?"

확실히 그렇긴 하다. 옷 한 벌에 일억이 넘는다면 대체 누가 저걸 입을 수 있단 말인가?

상품 가치라곤 눈을 씻고 봐도 찾아볼 수 없었다.

한데, 이어진 나타샤의 얘기에 택중은 기가 막히지 않을 수 없었다.

"이게 kg당 가격이랍니다."

"키, 키로그램?"

"예. 그러니까, E.coli 섬유로 뭘 만드느냐에 따라 가격은 천정부지로 뛰어오른다고나 할까요."

"헐! 완전히 꽝이잖아요! 그딴 건 써먹을 수도 없다구요!"

"맞아요. 그래서 우린 애당초 그! 딴! 건! 연구조차 하지 않았어요."

"엥?"

이건 또 무슨 말이지?

고개를 갸웃거릴 때, 나타샤가 다시 말했다.

"바로 이거예요!"

그녀는 검은 내복을 들어 올렸다.

"첨단 바이오 섬유!"

"그럼, 그건 E 머시라는 거로 만든 게 아니란 얘기예요?"

택중의 질문에 나타샤가 고개를 끄덕였다.

"맞아요. 이건 거미줄에서 뽑아낸 천연 섬유를 천만 번이상 꼬아서 만든 차세대 섬유에요. 일명 스파이더 실크!"

"......!"

"가격도 착하죠."

대체 이 여잔 어디서 저런 말들을 배운 거지?

정말 러시아인이 맞기는 한 걸까?

택중이 눈을 깜빡이고 있을 때, 나타샤가 자랑스러운 눈빛으로 외쳤다.

"단돈 150달러! 한국 돈으로 15만 원가량이죠. 물론 kg당 가격이고요!"

감탄하지 않을 수 없었다.

아까 말한 E.coli 섬유와는 비교 자체가 불가할 만큼 엄청나게 저렴하지 않은가.

"놀랍죠?"

끄덕끄덕.

"놀라운 건 가격만이 아니에요. 스파이더 실크는 E.coli 섬유와 비교해 내구성과 유연성이 두 배 정도 높아요. 그렇기 때문에 이처럼 내복 형태로 만들어도 어지간한 방탄복보다 가벼우면서 성능은 뛰어나죠."

"와! 정말 대단한 물건이군요!"

택중은 방금 전 길길이 날뛰던 것은 모조리 잊고서, 순수하게 감동한 눈빛으로 손을 내밀었다.

검은 빛깔이 감도는 내복을 받아 든 택중이 그걸 이리 보고 저리 보며 신기해할 때, 나타샤가 박 대령에게 눈짓으로 인사를 하곤 방을 나갔다.

그러는 동안에도 택중은 여전히 내복 형태의 강화복에 정신이 팔려 있었다.

잠시 후 박 대령이 그에게 말했다.

"아무래도 자네가 뭔가 할 듯한데, 그냥 무기만 주기보단 그걸 주는 게 낫겠다 싶었지. 도움이 될는지 모르겠지만."

"하하하하! 아뇨! 도움이 됐어요! 도움이 되고말고요!"

진심인지, 택중의 얼굴은 여기 왔을 때보다 조금이나마 밝아진 듯 보였다.

＊   ＊   ＊

내복, 정확히는 스파이더 실크로 만든 강화복을 입고 그 위에 청바지와 남방 그리고 잠바를 걸쳤다.

그 상태로 짐을 꾸리고 라디오를 확인했다.

"어디 보자, 일단 눈금을 맞추고……."

94.5

택중이 라디오를 조작해 눈금자를 움직이고 있을 때였다.

벌컥!

문이 열리며 다인이 들이닥쳤다.

화들짝 놀란 택중이 황급히 라디오를 등 뒤로 숨겼다.

그런 그가 의심스럽다는 듯 쳐다보던 다인이 택중 앞에 쪼그리고 앉으며 물었다.

"왜 그렇게 놀라?"

"아, 아니. 아무것도 아냐!"

"아무것도 아닌 게 아닌데?"

"정말이라니까! 아무것도 아냐!"

"흠…… 아! 알았다!"

손뼉을 마주치며 활짝 웃더니, 금세 풀죽은 표정이 되어 그녀가 물었다.

"가는 거야?"

"……?"

"지금 가려는 거냐고?"

"무, 무슨 말을 하는 거야? 지금?"

너무 놀라서 말을 더듬는 걸로도 모자라, 딸꾹질이 나오려는 걸 참으며 택중이 되물었지만, 다인은 좀처럼 대답하지 않았다.

그저 눈을 가늘게 한 채 택중을 보다가 토라진 얼굴로 말하는 게 아닌가.

"좀 더 있을 줄 알았더니……."

이어 한숨을 내쉬더니 이내 기지개를 펴듯 두 팔을 쭉 뻗어 이상한 소리를 냈다.

"으으응!"

그러더니 기합을 내질렀다.

"얍!"

깜짝 놀란 택중이 결국 딸꾹질을 하자, 그 모습에 다인이 깔깔 웃었다.

"호호호호호. 그게 뭐야? 완전 웃겨!"

"……딸꾹! 우, 웃기긴 뭐가 웃겨?"

"아냐아냐. 진짜 웃겨! 자기 지금 어떤지 알아?"

"자, 자기?"

"킥! 그렇잖아. 콴텀 트랜스 머신은 등 뒤에 숨기고 꿀떡 먹다가 걸린 사람처럼 굴다가 이젠 딸꾹질까지 하는데, 이게 안 웃겨?"

"너, 너, 너, 넌……."

"응?"

"누구냐, 넌!"

두 사람 사이에 침묵이 흘렀다.

하지만, 침묵은 오래가지 않았다.

"깔깔깔깔깔깔깔깔깔깔!"

배꼽이 빠져라 웃으며 바닥을 뒹구는 다인을 보면서 택중은 어안이 벙벙해지고 말았다.

잠시 후 자리에서 벌떡 일어나 앉으며 다인이 정색한 얼굴로 물었다.

"정말 몰라서 물어?"

"그, 그야…… 다인이고, 옛날엔 소꿉친구랄까…… 지금은 세계적인 여배우에……."

"흐음. 정말 모르나 보네?"

스윽.

앞으로 당겨 앉더니, 택중의 얼굴 앞에 자신의 얼굴을 바짝 들이대는 다인. 놀란 택중이 흠칫거리며 뒤로 물러나려는데, 다인이 놓치지 않고 그의 뺨을 두 손으로 움켜잡았다.

"날 봐!"

"아니, 그게……."

눈동자를 움직여 애써 그녀에게서 시선을 돌리는 택중을 다인은 그냥 놔두지 않았다.

"보라구!"

그의 얼굴을 움직여 자신의 눈앞으로 다시 가져와 기어코 눈을 맞추고 있었다.

"에…… 그러니까, 다…… 다인아! 이제 그만하

고……."

"나야, 나라구!"

"그래, 넌 거 알아! 그러니까."

"기억하지 못하는 거니?"

"뭐, 뭐를?"

"이래도 모르겠어?"

그제야 택중은 다인의 눈동자 속을 볼 수 있었다.

그곳에는 불꽃이 있었다.

마치 살아 있기라도 한 듯 이글거리며 타오르는 불꽃.

단순히 문양이라거나 그림처럼 보이는 것이 아니었다.

정말 눈동자 속에서 타고 있는 듯한 불꽃을 보면서 택중은 아련한 무언가를 느꼈다.

'뭐지? 이 느낌은?'

언젠가 느껴 보았음직한 감정이 목구멍까지 치솟았다.

하지만, 아무리 애써도 기억나지 않았다.

그렇기에 목이 말랐다.

마치 갈증이라도 이는 듯 목구멍이 타올랐고, 동시에 머리가 지끈거리며 아파 왔다.

결국 입술 사이로 신음이 비집고 흘러나왔다.

"끄으으으."

그 순간, 다인이 택중의 얼굴에서 손을 떼었다.

이어 한숨을 흘렸다.

"하아! 기억하지 못하는구나."

안타깝다는 눈빛으로 택중을 보다가 다인이 말했다.

"아직은 아니란 건가?"

알 수 없는 말만 늘어놓던 그녀가 천천히 고개를 들었다.

파르르 떨리는 눈썹 아래, 눈동자가 흔들리고 있었다.

그러다가 눈가에 살짝 어리는 물기를 보곤 택중은 어쩐지 가슴 한구석이 아릿해져 오는 걸 느껴야 했다.

그 순간, 다인이 훌쩍하며 눈을 감더니 주머니에서 손수건을 꺼내 팽하고 코를 풀었다.

그러곤 시원하다는 눈빛이 되어 시선을 돌렸다.

"좋아! 이제 시작인 걸 뭐!"

이어 택중에게 다가오더니 느닷없이 손을 뻗어 그의 등 뒤에서 라디오를 낚아챘다.

"뭐, 뭐하는 거야?"

불시에 라디오를 뺏기고만 택중이 불만 어린 질문을 던졌지만, 다인은 조금도 개의치 않았다.

"음, 꽤 줄었네?"

"⋯⋯?"

택중이 의아한 눈빛을 감추지 못했다.

이를 다인은 보지도 않은 채 말했다.

"잘 모르는 거 같아서 말하는데, 이건 QTM, 즉, 퀀텀 트랜스 머신이야."

"퀀…… 텀?"

"뭐, 겪어 봐서 알고 있겠지만, 일종의 타임머신이라고 할 수 있지."

그건 택중도 알고 있다.

눈을 깜빡이며 귀를 기울이고 있자, 다인이 계속 얘기를 이어 갔다.

"봐. 여기 이 눈금자를 어디에 어떻게 맞추는가에 따라 가는 장소도, 시간대도 달라져. 눈금의 위치에 따라 차원 통로가 달라진다는 거지."

"그럼?"

"호호호. 맞아. 94.5라는 채널이 바로 네가 지금 가는 세계와 연결된 차원통로야."

"……!"

"그런데 말이야. 주의해야 할 게 있어."

"그게 뭐지?"

"채널은 아무 때나 열리지 않는다는 거."

"그럼 언제 열리는 건데?"

"잘 봐."

그녀가 라디오의 버튼들 중 하나를 누르자, 변화가 일어났다.

디스플레이 창에 숫자가 떠오른 것이다.

69,999…… 69,998…… 69,997…… 69,996.

"헉!"

택중은 경악하지 않을 수 없었다.

일전에 확인했을 때만 해도 십만 대였던 것이 어느새 만 대로 떨어져 있었던 것이다.

게다가 지금 이 순간에도 숫자는 빠르게 줄고 있었다.

까닭 모를 두려움에 사로잡힌 택중이 얼굴이 새파래지고 말았다.

그 모습을 한차례 바라보곤 다인이 한숨을 내쉬었다.

"느끼겠지만, QTM이 차원통로를 열어 줄 때는 오직 한 가지 경우밖에 없어."

"……?"

"채널이 연결된 세계의 붕괴."

"……!"

"정확히는 붕괴될 이상 징후가 나타났을 때라고나 할까."

"붕괴될…… 이상 징후라고?"

"그래. 다시 말해 QTM의 정해 놓은 기준선을 넘어서는 강력한 힘의 출현. 그걸 감지해 채널을 열게 되는 거야. 물론 그때는 QTM이 있는 곳을 기준으로 일정한 반경 안에 있는 모든 게 통로를 통해 넘어가게 되지."

"아!"

과연, 그녀의 얘기대로다.

자신이 구입한 양평의 한옥. 그 집 자체와 함께 택중의 트럭까지 넘어간 이유를 짐작할 수 있게 되었다.

잠시 놀란 표정을 지어 보였던 택중이 일순 고개를 갸웃거렸다.

그가 물었다.

"그런 사실들은 어떻게 알고 있는 거지?"

다인이 배시시 웃었다.

천천히 손가락 하나를 들어 살살 흔들었다.

"비밀!"

*　　　　　*　　　　　*

이화태양종을 제외한 칠대종파의 수장들이 한데 모여 있었다.

"지금이야말로 기회요!"

"맞소! 이번에도 때를 놓치면 다시는 오지 않을 거요!"

"글쎄요. 아직은 시기상조가 아니겠소이까?"

"아니, 그럼 언제가 돼야 움직이겠다는 얘기요!"

"기다리다 보면 언제고 때가 오는 법 아니겠소?"

"흥! 그러다가 놈이 먼저 치고 들어오지 않는다는 법이 있소이까?"

"그렇소! 정도맹이 흑사련을 괴멸시키느라 전력을 분산시킨 지금이야말로 그 시기가 아니겠느냔 말이오!"

어찌 보면 맞는 소리라 할 수 있었다.

솔직히 지금까지 기다린 것만 해도 그들로서는 너무 오래 참아 온 것이라 할 수 있는 것이다.

그들이 공동전인으로 키워 낸 사도운의 실력은 이미 교주 야율극을 넘어서 있었다. 뿐만 아니라 천마신교의 칠할이 넘는 교인들이 그들의 수중에 있었다.

한마디로 결정적인 한 방이면 야율극을 몰아내는 것도 어려운 일이 아니었다.

그럼에도 여태껏 움직이지 못한 것은 다름이 아니다.

바로 정도맹 때문이었다.

구파일방과 팔대세가를 주축으로 한 백도무림에 밀려서 중원을 떠나온 때부터 지금까지 숨죽이며 지내 온 까닭이었다.

권토중래.

절치부심한 천마신교도들이 그저 마음속에서 칼을 갈며 천산에서 나오지 못한 것은 물론 내부적으로도 정쟁을 엄금한 이유였다.

그러다 보니 너무 오랫동안 이화태양종의 독주가 지속되고 있었다.

하지만, 이제는 아니다.

이화태양종 출신의 절대강자, 야율극을 넘어서는 실력의 소유자 사도운이 있었다.

더구나 시기적절하게 중원은 지금 혼란의 소용돌이에 휩싸여 있다. 백과 흑으로 대변되는 정도맹과 흑사련의 싸움이 극에 달해 있는 것이다.

한마디로 몇 백 년에 한 번 올까 말까 한 기회였다.

그러다 보니 칠대종파의 수장들은 몸이 달 수밖에 없었다.

"이번에는 반드시 놈을 교주 자리에서 끌어내려야 하오!"

"그렇소! 본교에서 이화태양종을 배제할 기회요!"

그간의 분노가 마침내 터져 나오고 있었다.

반대하던 자들로선 더 이상 막을 수 없는 상황. 그러기

이전에 명분에서부터 밀리고 있었다.

그만큼 이화태양종의 배제는 오랜 숙원이었던 것이다.

그럼에도 그들은 쉽사리 결정을 내리지 못하고 있었다.

선택에는 언제나 결과가 따르는 법. 자칫 한 번의 잘못된 결정이 멸족으로 이어질 수도 있음을 잘 알기에 그들은 망설일 수밖에 없었다.

장내에 있던 칠대종파의 수장들이 한동안 아무런 말없이 서로의 눈치만을 보고 있을 때였다.

"제때에 찾아온 모양이군."

묵직한 음성이 그들의 머리 위로 떨어져 내렸다.

흠칫.

놀란 칠대종파의 수장들이 일제히 시선을 돌렸다.

그리고 그들은 보았다.

문을 가로막고 서 있는 사내를.

말끔한 인상의 중년인이었다.

그가 누구인지 모르는 이는 이곳에 아무도 없었다.

"교, 교주!"

야율극이었던 것이다.

그가 물었다.

"많이들 놀란 모양이구려?"

누구 하나 대답하지 못했다.

그만큼 야율극의 등장은 뜻밖이었다는 얘기일 터다.

이를 잘 알고 있는지, 야율극이 입가에 미소를 베어 물었다.

그러곤 천천히 말했다.

"중요한 얘기들을 나누는 중인가 본데, 미안하게 됐소이다. 하나 너무 뭐라고만 하지 마시오. 요사이 바람이 심하게 불어오기에 가만히 앉아 있기가 뭐해서 그런 것이니. 대신, 빈손으로 온 것은 아니니 탓하기만 진 마시오들."

휙.

가볍게 내저은 한 수에 어디선가 술병이 날아올랐다.

돌돌돌돌돌.

술병이 기울어지며 칠대종파의 수장들 앞에 놓여 있던 잔들로 술이 쏟아졌다.

"헉!"

한데 술병에서 흘러나온 술을 보는 순간, 모두는 놀라지 않을 수 없었다.

붉었다.

뿐만 아니라, 비린내가 진동했다.

그것은 혈향이었다.

장내에 있던 모두의 눈동자에 놀람의 빛이 떠올랐다가 사라지고, 이내 분노가 차올랐다.

누군가 외쳤다.

"이 무슨 무례한 짓이란 말이오!"

"응? 무엇이 그리 공의 마음을 상하게 했는지 모르겠구려?"

"허! 몰라서 묻는가? 난데없이 찾아와 이처럼 해괴망칙한 짓을 하고 있음인데, 어찌 모른 척 한단 말이오?"

"쯧쯧쯧. 그게 대체 무슨 소리요?"

"정녕 모르신다는 말이외까!"

물음에 즉답은 없었다.

잠시 침묵으로 일관한 채 장내를 둘러보던 야율극이 나직하게, 그러나 강한 어조로 말했다.

"알다마다."

잠시 말을 멈추었다가 이내 강렬한 눈빛을 터뜨리며 외쳤다.

"그간의 공이 차고 넘으나 함부로 교리를 반하고 천년 신교에 피바람을 일으키려 한 죄!"

"……!"

"……!"

"……!"

어디선가 마른 침을 삼키는 소리가 들려오는 가운데, 야율극이 오연한 눈빛으로 칠대종파의 수장들을 하나하나 쳐다보았다.

"오로지 죽음만이 죄를 사할 수 있으나, 본좌는 너그럽
도다!"

후웅!

야율극의 몸에서 시커먼 기운이 흘러나왔다.

"처, 천마신기!"

"크흑!"

일순간 숨이 막힌 이들이 침음을 흘리는 순간, 야율극
이 손을 휘저었다.

후우우우웅!

뒤쪽에서 날아온 나무 상자가 탁자 위에 떨어져 내렸
다.

텅!

묵직한 소리와 함께 떨어진 상자에 모두의 시선이 꽂혔
을 때였다.

서걱!

야율극의 손이 가로로 뉘며 마치 칼날처럼 상자의 윗면
을 날려 버렸다.

그 순간, 장내는 경악으로 물들었다.

덜덜덜덜.

뿐만 아니라, 떨리는 몸을 주체하지 못하는 그들이었다.

그런 그들에게 야율극이 서릿발 같은 호통을 내질렀다.

"참으로 어리석은 자들! 천마께서 천년종사의 기틀을 닦으며 세우신 본교가 누구 한 사람의 것이 아니거늘! 사사로이 권력을 탐하다니! 원래라면 내 친히 그대들의 목을 쳐야 하겠으나, 그간의 공이 있으니 이번만은 너그러이 넘어갈 것이다! 하나, 명심들 하라! 앞으로 교리를 어지럽히고 본교의 교도들을 부화뇌동케 하는 자들은 모조리 참할 것이다!"

스으으으으으.

야율극의 눈동자에서 흘러나온 기운이 장내를 휘젓다가 일순 사라졌다.

거짓말처럼 기운을 갈무리한 야율극이 돌아서 대전을 빠져나가는 동안에도 칠대종파의 수장들은 미동조차 하지 못했다.

그렇게 얼마나 시간이 흘렀을까.

털썩.

누군가 하나가 힘없이 몸을 늘어뜨리며 중얼거렸다.

"결국 이렇게 되고 마는 것인가!"

그의 시선이 상자 안에 들어 있는 머리에서 떨어질 줄을 모르고 있었다.

이는 다른 이들도 마찬가지였다.

왜 그렇지 않겠는가.

오랜 기간 키워 온 희망이 그곳에 있었음인데.

사도운.

칠대종파의 공동전인이었던, 사내의 수급이 상자 안에서 눈을 부릅뜬 채 놓여 있었던 것이다.

*　　　*　　　*

황궁의 밤은 여느 곳과는 달리 깊기만 하다.

짙은 어둠과 풀벌레소리 하나 들려오지 않는 적막감이 궁의 대기를 가득 채우고 있었다.

아니, 그래야 할 터였다.

한데 오늘은 아니었다.

어인 일인지 소란스러웠다.

황제의 침전을 중심으로 수없이 많은 내관들이 오가고 있었고, 소식을 전하고 보고를 올리기 위해 오가는 궁녀들의 발걸음이 다급하기만 했다.

변고가 있는 것이 틀림없었다.

아니나 다를까.

황제의 최측근으로 알려진 두 사람이 탁자를 마주한 채

앉아 있었다.

동창 제독 하 공공과 금의위 도독 우영영이었다.

만일 다른 사람들이 이 일에 대해 들었다면 너무 놀라 자리를 박차고 일어나고 말았을 일이었다.

황궁 이대 특무기관인 동창과 금의위의 수반이 한자리에 모이는 경우는 좀처럼 없는 일이라 할 수 있었기 때문이다.

그 정도로 두 사람은 사이가 좋지 않았다.

뭐랄까, 견원지간이라고나 할까.

그럴 수밖에.

하늘의 태양이 하나이듯, 대명제국의 하늘인 황제 아래 일인지하 만인지상의 자리는 오직 하나뿐이거늘 이를 탐하는 자들은 두 명이니 어쩌면 당연한 귀결이었다.

잠시 동안 서슬 퍼런 기세를 숨기지 않고 상대방을 노려보던 우영영의 귓가로 들려온 것은 능글거리며 홀홀거리는 웃음소리였다.

"홀홀홀. 설마 이런 식으로 공을 뵙게 될 줄은 몰랐소이다."

"흥! 마찬가지요."

우영영은 눈앞의 노인을 멸시하는 듯한 눈빛으로 쳐다보았다.

얄팍한 입술을 혀로 핥으며 옅은 미소를 지어 보이는 늙은 환관.

하 공공이 영 못마땅한 그였지만 그 역시 잘 알고 있었다.

내일 죽어도 전혀 이상하지 않을 만큼 늙은 저 환관이야말로 얼마나 무서운 심기를 지닌 여우인지 모를 그가 아닌 것이다.

오죽하면 마군이라고 불리고 있을까.

그렇기에 더더욱 우영영은 인상이 일그러지고 말았다.

아무리 살얼음판 같은 정계에서 조금의 긴장조차 놓지 않고 살아가야 하는 처지라지만, 그렇다고 그것이 오직 권모술수에만 의지해 살아남는다는 뜻은 아니지 않은가.

다른 사람은 모르지만, 그만은 오로지 지닌바 실력만으로 지금의 자리에 올랐다고 자신하는 우영영이었기에 가능한 생각이었다.

이처럼 우영영이 못마땅한 표정으로 상대를 대하고 있었지만, 그렇다고 해서 지금 이 자리를 박차고 나갈 만큼 어리석지도 않았다.

그도 그럴 것이 지금의 자리는 그야말로 너무나 중대한 사안을 논하기 위해 마련되었기 때문이다.

'감히!'

우영영의 머릿속에 간밤의 일들이 스쳐 가는 사이, 하 공공이 말했다.

"천만다행한 일이 아니오까?"

상념을 떨치며 현실로 돌아온 우영영은 고개를 끄덕일 수밖에 없었다.

맞는 말이었다.

만일에 하나라도 황제의 신변에 무슨 일이라도 생겼더라면, 자신은 물론 누구 하나 피바람을 피해 가지 못했을 것이기에.

이런 그의 속내를 읽었음인지, 하 공공이 즐겁다는 듯 웃음을 흘렸다.

"홀홀. 참으로 무도한 자들이외다. 국법이 지엄하거늘, 함부로 황궁의 담을 넘다니요."

"그렇소! 이참에 역적도당들을 발본색원하여 모조리 참해야 할 것이오!"

"누가 아니랍니다. 해서 우리가 이리 만난 것 아니겠소?"

꾸욱.

우영영이 두 주먹을 불끈 움켜쥐는 것을 보며 하 공공이 다시금 말문을 열었다.

"한데 말이오. 칼이란 게 꼭 내 것이야 할 필요가 있겠소이까?"

"⋯⋯?"

"홀홀홀. 베는 데야 날이 서 있는 것이면 충분한 것. 그것이 어디의 누가 지닌 칼이든 무슨 상관이겠소."

"그 말뜻은?"

눈을 가늘게 하며 물어 오는 우영영을 하 공공이 의미심장하게 바라보았다.

그러곤 다시금 웃음을 터뜨리며 말했다.

"현재 무림의 판도가 한쪽으로 기운 것 같아 드리는 말씀이었소."

꿈틀.

우영영의 눈썹이 일그러지는 순간, 하 공공이 쐐기를 박았다.

"그간의 정보로 보건대, 어차피 놈들일 가능성이 높으니 망설일 필요가 무엇이겠냐는 얘기요."

"⋯⋯!"

"다시는 이러한 일들이 벌어지지 않기 위해서라도 기울어진 것을 바로잡자, 이 말씀이요."

뱀처럼 혀로 입술을 핥으며 미소 짓고 있는 노환관을 우영영이 가는 눈을 한 채 바라보았다.

　　　　*　　　　　*　　　　　*

진동이 몇 차례 울린 뒤 알람이 터졌다.

오빠 언능 일어나! 아잉~ 언능~!

하지만 택중은 좀처럼 일어나지 못하고 있었다.

간밤에 다인과 많은 얘기를 나누다 보니 피곤했던 모양
이다.

자기만큼이나 큰 캐리어 가방을 얼싸안은 채로 잠에 취
해 뒤척이는 택중은 잠꼬대하듯 중얼거렸다.

"음냐, 십 분만……."

그러나 스마트폰은 그의 바람을 이뤄 줄 생각이 없는
듯했다.

오빠 언능 일어나! 아잉~ 언능~!

다시 한 번 스마트폰의 진동이 울리며 알람이 터져 나
왔다.

"으으으! 시끄러 죽겠네!"

신경질적으로 눈을 뜬 택중이 스마트폰을 향해 손을 뻗

었다.

하지만 쉽지 않았다.

캐리어 가방을 통째로 자신의 몸과 칭칭 묶어 놨기 때문이었다.

그럼에도 택중은 끈질기게 손을 뻗었다.

잠시 후 간신히 스마트폰을 잡아챈 그는 알람을 끄기 위해 화면을 터치하다가, 화면 상단에 떠 있는 시간을 보게 되었다.

오전 10시 27분.

"헉!"

어지간하면 늦잠을 자지 않는 택중으로선 놀랄 일이었다.

자리에서 벌떡 일어나던 그가 캐리어의 무게를 이기지 못하고 앞으로 고꾸라졌다.

"크헉!"

한바탕 바닥을 구른 뒤, 밧줄을 풀어 캐리어를 몸에서 떼어 냈을 때 그는 느꼈다.

창문을 통해 들어오는 햇살이 눈이 부셨다.

그가 눈살을 찌푸리며 눈을 비볐다.

"쩝! 하필 오늘!"

다인만 있으면 모를까, 유진이 머물고 있는데 늦잠을 잤으니 창피할 수밖에. 이래선 오빠로서 체면이 서지 않는 것이다.

"아하암!"

크게 기지개를 켜곤 침대에서 내려온 그가 일순 눈을 홉떴다.

"헛!"

그랬다. 그의 눈에 비친 방 안의 모습은…….

'돌아왔구나!'

일순 택중의 눈동자에 기광이 떠올랐다.

제44장
탈환(奪還)

문을 열고 밖으로 나온 택중을 맞이한 것은 낯익은 여인이었다.

"오랜 만이네요?"

반갑게 인사하는 그에게 은설란이 배시시 웃어 보였다.

"천 년은 된 거 같아요."

농담인 듯 농담이 아닌 듯 말하며 맑게 웃는 그녀를 보며 택중은 미소 지었다.

'많이 변했네.'

정말이었다.

택중의 머릿속에 처음 은설란의 만났던 때가 떠올랐다.

몸에 딱 달라붙는 붉은색 비단옷은 허리 아래 허벅지에

서 갈라져 하얗고 매끈한 다리를 드러낸 채 걸어오던 여인.

한 걸음씩 내디딜 때마다 가냘픈 허리가 요염하게 돌아가고 쫙 빠진 몸매와 달리 풍만한 가슴이 연방 흔들리는 걸 보면서 넋을 잃고 말았던 택중이었다.

게다가 탤런트를 해도 충분할 만큼 예쁜 얼굴이었으니, 혼이 나갈 만도 했다.

하지만……

난데없이 그를 후려치곤 이렇게 묻지 않았던가.

"당신이 그 사람인가요?"

당황한 그가 아무런 말도 하지 못하고 있을 때, 그녀가 다시 물었었다.

"당신 이름이?"

"이잇! 그게 중요합니까! 대낮에 사람을 쳐 놓고서!"

"미안해요. 아무래도 오해가 있었던가 보네요. 설마 이 정도도 피하지 못하리라곤……."

"……!"

"총타 한가운데서 버티고 있다기에 고수인 줄 알았죠."

"고, 고수요?"

당시 택중은 자신의 귀를 의심하지 않을 수 없었다.

저토록 아름다운 여자가 하는 말이라고는 도저히 믿기지 않았던 것이다.

'서, 설마 놈들과 같은 패거리?'

그때, 들려온 여자의 음성은 그의 짐작을 확신으로 바꾸어 주기에 부족함이 없었다.

"정말 무림인이 아니었구나. 그나저나 당신이 알박기했다는 그 사람인 건 맞나요?"

"……."

"좋은 게 좋은 거잖아요? 보아하니 닭 잡을 힘조차 없어 보이는데……. 쓸데없는 고집 버리고 여길 떠나세요. 충분하진 않겠지만 적당한 집값을 받을 수 있게 해 줄 테니 그걸로 만족하세요."

"다, 다가오지 마!"

"이봐요. 그게 뭔지는 몰라도 더는 저를 자극하지 말아 줄래요? 이래 봬도 저는 몹시 바쁜 몸이랍니다. 그러니 이쯤에서 끝내고……."

그 순간, 택중이 스탠건을 든 채 그녀를 위협했고 푸른 불꽃이 튀는 순간, 그녀의 표정이 굳어졌었다.

곱기만 하던 아미가 일그러졌고, 앙다물고 있던 입술 사이로 흘러나온 음성엔 한기마저 어려 있었던 것이다.

그런 상태로 그녀가 물었었다.

"마교에서 보냈나요?"

피식.

택중은 웃고 말았다.

'정말, 그땐 아무것도 몰랐는데…….'

사이한 불꽃이라고 여긴 은설란이 정색하며 마교 운운
하고 있었지만, 정작 자신은 그게 무슨 뜻인지도 몰라 버
벅거렸던 걸 생각하면…….

'정말 많은 일이 있었네.'

이런저런 물건들을 가져와 팔고, 그 덕에 천금을 모을
수 있었다.

하지만, 좋은 일만 있었던 건 아니다.

집을 태워 먹는 것도 모자라 몇 번이고 목숨을 위협받
았다.

대부분이 정도맹의 음모에 걸려서 고생고생했지만, 결
국 이렇게 살아남았다.

그리고 이제…….

'끝낼 때가 된 거지!'

꾸욱.

주먹을 움켜쥔 채 택중이 말했다.

"부탁드렸던 건 어떻게 됐나요?"

"모두 처리했어요."

"그래서 천산 쪽 반응은 괜찮았나요?"

"예. 지금쯤 떠났을 거예요."

"흠, 잘됐군요."

이제 날짜만 맞추면 모두 되는 것이다.

그리고 그때까지 흑사련의 지부장들이 흑도 무인들을 데리고 오면 놈들과 한판 제대로 벌릴 수 있는 여건은 마련된다.

"좋아요! 수고 많았어요."

"뭘요. 공자님이야말로 고생하셨죠."

부드럽게 웃으며 자신을 바라보는 그녀를 택중은 말없이 바라보았다.

그러고 있자니, 일순 은설란이 두 볼을 붉게 물들이며 시선을 돌렸다.

그러곤 더듬더듬 말했다.

"시, 식사 안 하셨으면 가, 같이 하실래요?"

부끄럽다는 듯 어쩔 줄을 모르며 묻고 있는 그녀가 더 없이 귀여워 보였다.

택중이 맑게 웃었다.

"우리 맛있는 거 먹어요."

뒤따르며 은설란이 수줍게 대꾸했다.

"예."

전각을 나와 올려다본 하늘은 한없이 높고 푸르렀다.

가을의 정취가 물씬 풍겨 나는 하늘이었다.

*　　　*　　　*

객잔에서 밥을 먹고 돌아오는 두 사람을 기다리고 있던
건 너무나도 뜻밖의 소식이었다.

"안쪽에서 기다리고 계십니다."

무치의 얘기에 택중이 눈을 동그랗게 뜨고 되물었다.

"우리가 여기 있는 건 또 어떻게 알았대요?"

"그야……."

무치가 머리를 굴리기 위해 끙끙거리는 모습을 보다가
택중이 한숨을 내쉬었다.

자기도 모르게 혼잣말처럼 한 얘기에 너무나 고민하는
모습을 보니 살짝 미안해진 것이다.

택중이 무치의 어깨를 살짝 두드리며 말했다.

"지금 얘긴 잊어도 괜찮아요."

싱긋 웃고는 발길을 돌린 택중을 은설란이 뒤따랐다.

잠시 후 방 안으로 들어선 택중은 탁자를 둘러싸고 앉아 있는 자들을 발견하곤 화색을 띠었다.

"다급한 상황이 아니었나 보네요?"

진수화가 교태로운 웃음을 흘리며 묻고 있었다.

"하하하! 걱정돼서 달려오셨나 보네요?"

택중이 기분 좋다는 듯 앞으로 나서자, 이번에는 나지경이 그의 품 안으로 뛰어들었다.

"헛!"

놀란 택중이 재빨리 뒤로 물러나려는데, 나지경은 그를 놔줄 생각이 없는 듯했다.

꽉!

잽싸게 그를 끌어안으며 앵앵거리는 말투로 얘기했다.

"아잉! 너무해요. 소녀를 기다리게 만드시다니……."

바로 그 순간 거친 소리가 날아들었다.

"지랄! 저년이 뭘 잘못 처먹었나!"

"햐! 아무래도 해가 동쪽에서 뜨는 건 오늘까진가 보네!"

"내 저럴 줄 알았지! 오는 내내 얼굴을 붉히며 지 혼자서 배배 꼬고하더니만! 결국 저럴 심산이었구만!"

"어이어이! 다들 내비 두라고! 혹시 아냐? 고 공자께서 저년을 마음에 들어 하셔서 첩으로라도 삼으실지. 그럼,

우린 좋잖아? 저년이 술이나 처먹고 살짝 맛이 가서 지랄
하는 꼴 보지 않아서 좋고."

"살짝? 야야! 저건 그냥 맛이 간 게 아니라, 못 먹을
거라니까! 먹으면 큰날! 죽는다고!"

"이런 개 씨앙⋯⋯."

확하고 고개를 돌린 나지경이 욕지거리를 내뱉으려다
말고, 택중의 눈치를 보며 속닥거렸다.

"아이 나 좀 봐. 소녀, 공자님을 뵈오니 그만 가슴이
너무 뛰어서⋯⋯ 아, 어지러워라!"

흐느적거리다가 옆으로 픽 쓰러지는 걸, 택중이 가만
보기만 할 리 만무. 그가 손을 막 뻗으려는데, 옥란이 중
도에서 그의 손목을 낚아챘다.

콰당.

그 바람에 맥없이 쓰러져 버린 나지경이 옥란을 쏘아보
았지만, 옥란은 조금도 개의치 않았다.

나지경 따윈 관심도 없다는 듯 시선을 택중에게 향한
채 눈을 빛내고 있었다.

"어, 어⋯⋯ 옥란 소저도 안녕하셨어요?"

말없이 고개를 끄덕인 옥란이 그의 손목을 놓아 주지
않은 채 앞으로 이끌었다.

"고 공자! 오랜만이오!"

꼴통 잡조의 조장 도악이 인사를 건네 왔다.

"하하하! 반가워요, 조장님!"

"캬! 그래도 이 나를 조장 취급해 주는 사람은 공자님 밖에 없수다!"

"킥! 좋기다 하겠다! 큼, 살다 보니 이렇게 또 만나는군요!"

대운이 기쁘다는 듯 소리치고, 그 뒤를 이어 조황과 천풍, 유일도 등이 인사를 건네자, 택중은 일일이 그들과 악수를 나누며 기뻐했다.

그 모습을 보며 잠시 기다리던 진수화가 물었다.

"이제 다 끝났나?"

대답은 없었지만, 다들 눈을 빛내며 그녀의 말을 기다리고 있었다.

그러자, 진수화가 헛기침을 한 차례 한 뒤 말했다.

"도독께서 전하라 했어요."

"응? 도독?"

그녀가 어디의 누구인지, 정확히 몰랐던 택중이 의아해 하자, 그제야 진수화는 자신의 정체를 밝힌 적이 없다는 걸 깨달았다.

미안한 표정을 지어 보인 뒤 그녀가 설명했다.

"아! 실은……."

한동안 그녀의 말을 듣고 있던 택중의 표정이 시시각각 변했다.

　그럴 수밖에.

　그냥 오다 가다 만난 처자인 줄로만 알았더니, 실은 대명황국의 실세인 금의위의 위사란다. 것도 그냥 일개 무사가 아니라 부도독이란 얘기에 낯빛이 그만 파랗게 변하고 말았다.

　일순 택중이 안절부절하며 어찌해야 할까, 망설이고 있는데 진수화가 서운하다는 표정을 감추지 않았다.

　"뭐예요. 이제 와서 그러기예요?"

　"그야…… 하하…… 하하하하!"

　멋쩍어서 웃음을 터뜨리는 택중에게 진수화가 손을 내밀었다.

　가늘고 하얀 손가락들을 내려다보며 택중이 눈을 깜박거리자, 진수화가 말했다.

　"이제부터 잘 부탁해요."

　배시시 웃는 그녀를 택중이 기쁘게 바라보았다.

　"큼, 뭐 좋은 분위기에 초치긴 거시기 하지만, 거 적당히들 좀 하쇼. 지금 그럴 분위기는…… 크헉!"

　진수화가 내던진 찻잔에 이마빡을 맞고 고꾸라지는 도악을 나지경을 비롯한 꼴통 잡조가 비웃었다.

그러거나 말거나 진수화가 다시 얘기했다.

"도독께서 전하라 하셨어요."

"뭐, 뭘 말인가요?"

의아해져서 되묻는 택중을 보지도 않은 채, 진수화가 자리에서 일어났다.

그러곤 손을 뻗자, 옥란이 재빨리 긴 상자 하나를 들고 옆으로 왔다.

상자를 받아 탁자 위에 놓고는 진수화 허리춤에서 두루마리를 꺼내 좌륵 펼쳤다.

이어 외쳤다.

"고택중은 황상의 성지를 받들라!"

"만세 만세 만만세!!"

"만세 만세 만만세!!"

"만세 만세 만만세!!"

방 안에 있던 모두가 자리에서 엎어져 부복하며 소리치는 가운데 이게 무슨 일인가 싶어서 택중이 눈알을 굴리고 있자, 바로 옆에서 은설란이 전음을 보내 왔다.

—황제께서 첩지를 내리신 거예요.

"헛!"

깜짝 놀란 택중이 풀썩 엎드려 고개를 조아렸다.

이를 당연하다는 듯 여기며 진수화가 외치고 있었다.

"제위평난장군국사에 봉하니, 부디 역적도당들을 멸하여 천하를 평안케 하고 짐의 근심을 덜어 주기를 바라노라"

"제위평난장군국사?"

은설란의 전음이 날아왔다.

—일종의 임시직으로 고 공자님께 장군직을 제수한다는 얘기예요.

"헙!"

다시 한 번 놀라고만 택중이었지만, 어떻게 반응해야 할지 몰라 잠시 어안이 벙벙해 있었다.

하지만, 그간 공부한답시고 무협 소설은 물론 역사서도 틈틈이 읽었던지라 금세 상황을 파악하고 외쳤다.

"만세 만세 만만세! 황은이 만극하옵니다!"

"고 장군은 고개를 들라!"

택중이 얼른 고개를 쳐들자, 진수화가 굳은 얼굴로 그를 보다가 옥란에게서 받은 상자를 열었다.

반짝!

은빛 찬란한 검 한 자루가 모습을 드러냈다.

얼른 보아도 보검이 틀림없었다.

그걸 앞으로 내밀며 진수화가 선언했다.

"고 장군의 앞날에 전운이 따르기를 바라노라!"

"만세 만세 만만세!!"

택중이 검을 받아 들었다.

그제야 진수화가 굳어 있던 얼굴을 풀며 맑게 웃었다.

"축하해요, 공자님."

그녀를 필두로 방 안의 모두가 축하인사를 건네 왔지만, 택중은 너무나 뜻밖인 상황에 어안이 벙벙해져서 아무런 말도 하지 못하고 있었다.

그러면서도 그는 생각했다.

'……이게 웬일이람? 그래! 내가 또 관운이 있다고도 했어! 흐흐흐. 그러더니 결국 내가…… 내가…… 어머니! 아버지!'

어릴 때 고아원에 들렸던 어느 노인으로부터 들었던 사주를 떠올리며 택중이 만족스러운 얼굴을 하고 있다가, 일순 눈빛이 변해 진수화에게 물었다.

"그런데, 장군이면 부하들이 잔뜩 있는 건가요?"

"아뇨."

뭔가 일이 잘못되어 간다는 걸 느끼며 택중이 다시 물었다.

"자, 장군인데요?"

"한 명도 없어요."

"……!"

눈을 깜빡이던 택중이 또다시 물었다.

"그럼, 집이라든가 땅이라든가 뭐 그런 거라도 주는 겁니까?"

"그야⋯⋯."

기대 가득한 눈빛을 보내 오는 택중을 진수화가 바라보다가 킥하고 웃었다.

그러곤 대답했다.

"결과에 따라 다르겠죠."

"결과라 함은?"

"싸움에서 이기면 전공이 있으니 그에 합당한 상이 내려질 거고요. 만일 지기라도 하면⋯⋯."

"⋯⋯?"

"참수되겠죠."

당연하다는 듯 말하는 진수화에 비해 택중은 그만 다리에 힘이 풀리고 말았다.

비틀.

"고, 공자님!"

은설란이 놀라서 달려들었다.

"아, 괜찮아요."

고개를 내저으며 택중이 중얼거렸다.

"그럼 그렇지. 내 팔자에 무슨!"

입맛을 다시다가 그가 말했다.

"뭐; 됐어요. 인생 다 그런 거지."

낙담한 표정이 되어 있는데, 옥란이 진수화에게 다가가 귓속말을 하는 게 보였다.

이어 진수화가 환하게 웃더니 택중에게 소식을 전했다.

"금의위 위사 오백이십사 명, 동창 당두 이하 번역 삼백칠십팔 명! 도합 일천이 명 집결 완료했다고 하네요."

"……그들이 왜요?"

"그야, 장군님을 따르기 위해 모인 거죠."

"아깐…… 여기 있는 사람들이 다라면서요."

"어디까지나 수하라면 그렇죠. 하지만 이번 경우에 한해서 장군님께선 금의위와 도독에 속해 있는 자들을 동원하고 지휘할 권한을 가지게 돼요."

고개를 숙인 채 아무런 말도 없던 택중. 그가 일순 고개를 쳐들더니 크게 웃음을 터뜨렸다.

"움하하하하!"

그러다가 웃음을 뚝 그치곤 서슬 퍼런 눈빛을 흘리며 중얼거렸다.

"다 죽었어!"

어느새 그의 시선이 군산 쪽을 향하고 있었다.

＊　　　　＊　　　　＊

언덕 위에서 바라본 대지는 눈부시게 아름다웠다.

히이이잉.

전마가 토해 내는 울음 속에서 삶의 희망이 느껴지고 있었다.

끝없이 이어지는 평야의 전답에선 이제 막 익어서 고개를 숙이기 시작한 곡식들이 풍요로운 시절을 얘기하는 중이었다.

그 모습을 보면서 야율극은 진심으로 감복했다.

언제나 눈이 쌓여 있는 천산은 그대로도 아름답지만, 인간이기에 어쩔 수 없이 바라게 되는 풍요 따윈 없다.

그 때문인지 신교의 교도들은 '고향'을 그리워했다.

이미 천 년의 세월을 돌아 더는 고향이라고 부르기도 민망한 곳이건만, 광동성 천만대산은 언제나 그들의 고향이었던 것이다.

그렇다.

언제고 돌아가야 할 대지. 그곳은 잃어버린, 그렇기에 되찾아야 할 어머니의 품이었던 것이다.

그리고 마침내 돌아왔다.

아니, 정확히는 아직 돌아온 것이라 할 수 없지만, 지금 이 순간 최초의 한 발을 내디뎠다는 사실만큼은 부정할 수 없다.

자신의 눈앞에 펼쳐져 있는 대지를 빛나는 눈으로 바라보고 있자니, 야율극은 얼마 전 자신에게 전해진 한 통의 서찰을 떠올리고 말았다.

(전략)

하여, 이렇게 전합니다.

부디 맹우로서 함께하길 바라며, 천마신교의 모든 교도들이 언제고 돌아올 수 있기를 같은 중원의 자식으로서 바라고 또 바라봅니다.

　　　　　　　　　　　　　　　신기서생으로부터.

현재 중원이 어떠한지는 대략적으로 알고 있었다.

특히 언젠가부터 들려오기 시작한 신기서생에 대한 소식은 그 역시도 관심을 가지고 지켜보는 중이었다.

또한 얼마 전 정도맹이 흑사련의 본거지를 습격했다는 정보도 접하고 있었다.

우습게도 중원의 혼란은 그 자체로 천마신교에 있어서는 절호의 기회였다.

그럼에도 그가 움직일 수 없었던 것은 오직 한 가지 이유 때문이었다.

바로 사도운. 아니, 그를 공동전인으로 내세우고 있는 칠대종파가 문제였던 것이다.

이제까지 절치부심하며 때를 기다려 왔건만, 막상 기회가 주어지니 몸을 뺄 수조차 없는 상황이라니. 어처구니가 없었지만 하는 수 없는 일이라 여기며 포기하던 상황이었다.

안타깝게도 천마신교는 현재 사분오열된 상황이기에 중원을 도모할 만한 여유가 없었던 것이다.

한데, 그때 신기서생이 손길을 내민 것이다.

정확히는 택중이 은설란에게 시켜 접촉을 시도한 것이지만, 그런 건 아무래도 좋을 터다.

흑사련이 완전히 붕괴되고, 련주를 비롯한 수뇌부들이 정도맹의 군사인 설매향의 손아귀에 있는 현재, 누가 뭐래도 흑사련, 그러니까 흑도 무림의 중심은 신기서생이라고 할 수 있었으니까.

그런 중요 인물이 서찰을 보내 왔으니 뜻밖이라면 뜻밖이었다.

당연히 야율극은 무시하지 않았다.

그리고 서찰을 읽는 순간 그는 놀라고 말았다.

'설마, 그런 약조를 하리라고는……'

결론부터 말하자면, 이것이었다.

길을 내어준다.

광동으로 가고자 한다면, 돕지는 않을 것이다.

그러나 막지도 않을 것이다.

대신 지금 오라!

그리고 군산을 경유해 움직여 달라는 것이었다.

그야말로 파격적인 제안이었다.

도저히 중원인이라면 생각해 낼 수 없는 것이었지만, 야율극은 어쩐지 납득할 수 있었다.

신인(神人)이라 했고, 그간 보여 준 행보는 그것을 뒷받침하기에 충분했기 때문이다.

따라서 일반적인 논리로는 도저히 따라잡지 못할 무언가가 그에게는 있을 거라고 생각했던 것이다.

당연한 얘기지만, 야율극으로서는 솔깃하지 않을 수 없었다.

하나, 문제는…….

'아직도 본교는 내분에 휩싸여 있다는 게 문제!'

한데 이 문제는 신기서생 또한 알고 있었던 모양이다.

그는 또 한 가지 제안을 해 왔다.

천하 십대신병에는 모자라나, 천마께서 남기신 유진을 발현하는 데는 부족함이 없을 겁니다.

그제야 신기서생이 서찰과 함께 보내 온 것에 시선을 던졌었다.

그것은 상자였다.

길고 좁은 목관 안에는 은빛을 품은 칼이 있었고, 한눈에도 보검이었다.

더구나 검날은 몹시 얇으나 강도는 천하 으뜸이었다.

다만 한 가지 검날 한쪽에 새겨진 문자가 생경하기 이를 데 없었으나, 신경 쓰지 않았다.

어차피 보통 사람이 아닌 신인이라 불리는 자가 행하는 일이거늘.

후웅!

서서히 뻗어 나간 손이 검 손잡이에 닿는 순간, 검이 공명하듯 울음을 토해 냈다.

그리고 그 칼날 위에 새겨진 문자가 한줄기 빛을 뿜어 냈다.

TITANIUM(티타늄).

알 수 없는 문자가 빛나는 순간, 야율극은 마침내 완성
했다.

천마삼검(天魔三劍).

달리 아수라파천무(阿修羅破天舞)라고도 불리는 지고
한 무학을 대성한 것이다.

그리고 하루도 지나지 않아, 그 검끝에 사도운이 목숨
이 잃었다.

더 이상 거칠 것이 없어진 야율극으로선 이제 더는 천
산 어귀에 숨어 있을 필요가 없어졌다.

물론 힘이 없을 때야 되도록 싸움을 피하려고 노력해
왔지만, 이제는 그럴 이유가 없었기 때문이다.

더구나 중원에도 맹우가 있었다.

흑사련. 아니, 엄밀히 말하자면 흑도 무림이 아니다.

신기서생 고택중.

그자야말로 진정한 맹우인 것이다.

휘이이이이이잉.

바람 한줄기가 불어와 단정히 모아 묶은 야율극의 머리
칼을 쓸어 올렸다.

그 순간, 그가 나직하게 그러나 힘주어 말했다.

"가자!"

"존명!"

히이이잉.

앞발을 치켜든 전마가 언덕위에서 뛰어내렸다.

콰직!

맹금처럼 날아올랐다가 바닥을 찍으며 내려선 전마가 힘차게 내달리기 시작했다.

두두두두두두두두두.

그 뒤를 일천의 기마대, 수라철기대(修羅鐵騎隊)가 뒤따랐다.

*　　　　*　　　　*

드르르르르르륵.

바퀴가 지면을 구르며 내는 소리가 울려 퍼지고 있었다.

강변이 내려다보이는 산기슭에 도착했을 때, 택중이 걸음을 멈추었다.

그제까지 끌고 오던 캐리어가 멈춘 것도 그때였다.

"그게 뭐길래 그렇게 힘들게 가져가나요?"

진수화가 눈을 반짝이며 물었지만, 택중은 대답해 주지

않았다.

그저 웃기만 하는 그였을 뿐이다.

그뿐만이 아니라 산을 오르면서 점차 힘이 빠지는지 씩씩거리며 숨을 헐떡이던 그를 보다 못해 거들어 주겠다고 해도 그는 애써 외면하기만 했다.

절로 궁금해졌다.

한데 택중이 캐리어를 열고 있었다.

그그그그극.

지퍼를 열고 가방을 연 택중이 한차례 미소 짓더니 숨을 깊게 들이마셨다.

그러곤 일행들을 불러 모았다.

금의위와 동창의 일반 무사들을 제외하고 은설란과 진수화를 비롯한 모두가 모여들었다.

"자, 보세요."

철컥.

택중이 가방에서 꺼낸 물건 중 몇 가지 부품들을 결합하며 설명했다.

철커덩, 철컹.

기묘하게 맞물리며 결합하던 물건은 어느새 길쭉한 모양으로 변해 있었다.

"그게 뭐죠?"

진수화가 물었고, 택중이 대답했다.

"AK—47. 칼라시니코프예요."

"가…… 라신검?"

"칼라시니코프!"

"그러니까 가라신검."

"……그렇다 치고요. 이건 돌격소총이란 건데, 여기 ROCK을 재끼고 나서……. 거기 잠깐 비켜 봐요."

택중의 말에 꼴통잡조가 슬그머니 물러났다.

생전 처음 보는 물건이 어쩐지 위화감이 드는데다가, 궁금하기도 했기에 택중의 지시에 순순히 따르는 그들이었다.

그리고 다음 순간, 그들의 눈이 이따만큼 커졌다.

두두두두두두두.

총구가 불을 뿜는 순간, 산기슭에 서 있던 노송들이 산산이 부서졌던 것이다.

"……!"

모두가 할 말을 잃는 순간, 택중이 말했다.

"딱 두 자루밖에 없는데, 누가 맡을래요?"

획획!

꼴통 잡조 중에서 두 사람이 손을 치켜들었다.

홍일점 나지경(那支景)과 조장 도악(陶顎)이었다.

"자, 그럼 여기."

택중이 건네주는 칼라시니코프를 받아 든 두 사람이 희희낙락하고 있을 때, 한 발 늦게 손을 치켜들었던 사람들이 아쉬움에 입맛을 다졌다.

그러든가 말든가. 택중이 두 사람에게 신신당부했다.

"꼭 안전장치를 잠가 두고 다녀요. 방아쇠를 당길 때만 락을 푸는 거예요. 알겠죠?"

끄덕끄덕.

말 잘 듣는 강아지처럼 고개를 끄덕이는 두 사람. 그들에게서 눈을 뗀 택중이 이번에는 가방에서 꺼낸 물건 중에 무언가를 집어 들었다.

"그건 뭐죠?"

참지 못하고 진수화가 물었다.

씨익.

택중이 웃었다.

그러곤 말했다.

"수류탄."

"수류탄?"

수류탄(手榴彈).

그러고 보니, 생긴 게 정말 석류처럼 생겼다.

하지만, 이어지는 택중의 설명을 듣고는 모두 경악하지

않을 수 없었다.

"여기 안전핀을 뽑고 나서 속으로 셋을 세고 던지는 거예요. 그럼 약 삼 초 후에 쾅! 하고 터집니다. 알겠죠?"

말인즉슨 일종의 진천뢰라는 건데.

"위력은 어떤데요?"

"아! 좋은 질문. 이 속에는 화약이 있어서 터지는 순간, 강력한 폭발을 일으키죠. 뭐, 폭발만으로도 적들을 살상하겠지만 그거보다 무서운 건 바로 이 쇳덩이 자체죠."

"……?"

"폭발과 함께 산산조각이 난 파편들이 사방으로 날아가는 겁니다."

"헛! 폭참뢰!"

당가에서만 만들 수 있다는 강력한 암기. 아니, 벽력탄.

택중이 들고 있는 것이 화약을 이용해 만드는 벽력탄 중 진천뢰와 더불어 가장 위력적이라고 평가받는 폭참뢰라고 오해하는 일행들이었다.

"뭐, 폭참뢴지 뭔지는 모르겠고……. 이건 일곱 발 있으니, 하나씩 나눠 가져요."

수류탄을 나눠 갖는 일행을 둘러보던 택중이 이내 의미심장한 표정을 지어 보였다.

철컥철컥철컥.

몇 차례에 걸쳐 조립하는 소리가 들리자, 일행이 침을 삼켰다.

이번엔 대체 무얼 보여 줄지 궁금했던 것이다.

여태껏 보여 준 것만으로 경악할 지경이었는데, 아직도 뭔가를 줄 듯하니 자연 기대하게 되는 그들이었다.

아니나 다를까.

택중이 조립한 물건들을 바닥에 내려놓고는 심각한 표정으로 말했을 때 모두는 믿기 어렵다는 얼굴이 되고 말았다.

"일 초……. 그러니까 숨 한 번 들이마시는 순간에 스무 발을 쏠 수 있어요."

"스물!"

한마디로 앗 하는 순간, 20발의 총알이 발사된다는 얘기. 여기 있는 자 중에 그걸 피할 수 있는 자가 과연 몇이나 될까.

마이크로 우지(Micro Uzi).

이스라엘이 야심차게 만들었고 이제는 상당수의 나라들에서 사용하고 있는 기관단총, Uzi를 좀 더 컴팩트 하게 만든 것으로 개머리판을 접었을 때의 길이가 겨우 25㎝ 밖에 되지 않는다.

크기만 놓고 보자면 권총보다 조금 큰 수준. 그럼에도,

화력은 권총의 몇 배에 이르는 괴물이었다.

"이건 세 자루예요. 알아서 나눠 가지세요."

무치와 꼴통잡조원 두 명이 우지를 챙겼다.

진수화는 검강을 일으키는 고수이니 굳이 다른 무기가 필요 없었고, 은설란도 천비신도를 사용하면 검강을 일으킬 수 있으니 그걸 충분했다.

이렇게 해서 무기 배분이 끝났다.

택중이 의미심장한 눈빛으로 말했다.

"자, 시작해 보자구!"

나지경이 기세 좋게 소리쳤고, 조장인 도악을 비롯해 꼴통 잡조가 희희낙락하며 땅을 박찼다.

그 뒤로 진수화와 옥란이 따라붙었다.

다음으로, 택중을 가운데 두고 은설란과 무치가 함께했다.

사사사사삭.

천여 명에 이르는 무사들이 산기슭을 타고 강변을 향해 내달리기 시작했다.

＊　　　　　＊　　　　　＊

은밀하게 움직이는 데는 이골이 난 이들었기에, 강변에

모여 있던 적들을 제압하는 건 너무나 쉬웠다.

배를 빼앗아 그보다 더욱 쉽게 도강한 그들이 이윽고 군산에 도착했을 때였다.

쇄액!

화살들이 날아드는 순간, 나지경이 비웃었다.

"깔깔깔! 그런 거? 나도 있거든?"

두두두두두두두.

총구가 불을 뿜는 순간, 전방의 숲 속에서 비명이 터졌다.

"끄아아아!"

화살 비가 멈추자마자, 꼴통 잡조가 튀어 나갔다.

획!

한 발의 수류탄이 수풀 속으로 사라진 뒤, 누군가 숫자를 세기 시작했다.

"하나, 둘, 셋! 엎드려!"

쾅!

폭음과 함께 불길이 솟구쳤다.

비명 하나 남기지 않고, 사방으로 퍼져 나가는 불길 속에서 일행은 참아 왔던 분노를 터뜨렸다.

두두두두두두두.

일제사격의 위력이 얼마나 대단한지를 보여 주는 상황

이랄까.

전방을 일거에 쓸어버린 일행들은 조금의 망설임도 없이 뛰쳐나갔다.

"휘유! 대단한데?"

꼴통 잡조원 하나가 탄성을 내질렀다.

사방에 쓰러진 채 움직이지 않는 적들의 시신. 하기야 일 초에 스무 발을 난사하는데 버틸 재간이 있을까.

택중의 설명을 들었을 때와는 또 다른 느낌이었다.

가히 천군만마가 부럽지 않은 화력이었다.

그러니 다들 의기양양하지 않을 수 없었다.

이제는 이곳을 벗어나는 것도 시간문제일 뿐이라 생각했다.

반면 택중의 얼굴은 어둡기만 했다.

'다…… 죽었어?'

예상하지 않은 것은 아니지만, 막상 눈앞에서 죽어 나가는 적들을 보자니 마음이 편할 리 없었다.

그럼에도, 그는 그 어떤 불평도 쏟아 내지 않았다.

'살기 위해선……. 그리고 지키기 위해서라면…….'

이를 악물며 일행들에게 뒤처지지 않도록 애썼다.

그렇게 얼마나 달렸을까.

그들의 등 뒤에서 말발굽 소리가 들려왔다.

땅이 울리며 빠르게 다가오는 소리에 꼴통 잡조의 조장 도악이 소리쳤다.

"길옆 수풀로!"

꼴통 잡조가 왼쪽. 나머지가 오른쪽으로 몸을 날렸다.

그리고 얼마 지나지 않아, 기마대가 들이닥쳤다.

스무 기 정도의 인마였는데, 그들이 막 길가를 지나치려는 순간 도악이 외쳤다.

"일제 사격!"

두두두두두두두.

말 위의 사람만을 노려 난사된 총알이 하늘로 사라졌다.

그리고 그 뒤로 남은 것은 시뻘건 핏물과 함께 바닥에 처박히는 적들뿐이었다.

히이이잉!

놀란 말들이 갑자기 멈추기도 하고, 앞발을 쳐들기도 하면서 혼란스러운 광경이 연출되었다.

그때 도악이 땅을 박찼다.

"으럇!"

주인을 잃은 말 한 필을 골라 몸을 실은 도악이 말을 안정시키려 애썼다.

다행히 전마(戰馬)인지라, 귀를 막아 놓아서 총소리에

놀란 것 같지는 않았다.

소리보다는 상황 자체에 놀란 것일 터였다.

하기야 말 위에 있던 자들이 일제 사격으로 죽으면서 말에서 떨어졌으니, 말들도 놀라지 않을 수 있을까.

어찌 되었든 덕분에 일행들은 말까지 얻을 수 있게 되었다.

그들은 각기 한 필씩의 말을 타고 빠르게 달리기 시작했다.

"놈들을 막아라!"

간혹 적들이 나타나 그들을 막아섰지만, 그때마다 수류탄이 날고 총구가 불을 뿜었다.

"깔깔깔! 얼마든지 덤비라고! 나 무지막지한 여자거든!"

"무지막지하긴 하지! 밤새 술을 처먹고도 아침이면 또 술병부터 까고 보는 년이니까!"

"뭐라! 네가 나 술 처먹는 데 보태 준 거 있어?"

"없다, 이년아! 그래서 불만이냐?"

"불만은 없는데, 네가 마음에 안 들거든!"

욕설 비슷한 소리를 섞어 가며 주거니 받거니 달려가는 꼴통 잡조였지만, 그들 앞으로 적들이 튀어나올 때면 누가 먼저라 할 것 없이 총을 난사했다.

두두두두두두두두.

"이 새끼들이! 어딜 끼어들어! 이 형님이 얘기하시는 거 안 보여!"

"누가 아니래? 미친 새끼들이 어디 이 누님이 말씀하는데 끼어들고 지랄들이래!"

적들 앞에서 만큼은 최강의 콤비네이션 플레이를 펼치는 꼴통 잡조였다.

더구나 그들 뒤에는 막강한 무공을 지닌 두 사람의 고수가 있었다.

후웅!

검강을 뽑아낸 진수화가 무서운 기세로 사방을 쓸어갔다.

그때마다 꼴통 잡조가 놓친 적들이 쓰러졌다.

"으악!"

"끅!"

신음과 비명이 난무하는 가운데, 은설란이 펼쳐 낸 은살첩혈편이 대기를 찢어발겼다.

촤르르르르륵.

뒤이어 옥란이 손가락 사이에 끼고 있던 비도를 연이어 던져 냈다.

쇄액! 쇄액! 쇄액! 쇄액!

허공을 가르며 날아간 비도들이 적들의 이마와 가슴을 파고들었다.

털썩털썩털썩.

쉴 새 없는 파상공격에 적들의 진형이 서서히 무너지고, 마침내 길이 뚫렸다.

"달려!"

진수화가 외쳤고, 일행은 일제히 말을 몰았다.

빛살처럼 쇄도하는 그들을 정도맹의 무사들은 막지 못했다.

뿐만 아니라, 뒤늦게 도착한 금의위와 동창의 무사들이 무지막지하게 전장을 휩쓸었다.

그리고 마침내 흑사련에 도착했다.

높다란 성벽처럼 보이는 담벼락에 에워싸인 흑사련에선 어떠한 기척도 느껴지지 않았다.

그럼에도 긴장하지 않을 수 없을 터였다.

뭔가 일촉즉발의 전운이 느껴진달까.

그럼에도 누구 하나 두려워하는 기색 따윈 없었다.

오히려 신이 나서 떠들기 바빴다.

특히 꼴통 잡조는 하나같이 들떠서 소리쳤다.

"진짜 끝내 준다!"

"완전 죽여 주지 않아?!"

"이런 거만 있으면 굳이 무공 같은 거 익히지 않아도 되지 않을까!"

그만큼 그들이 겪은 일들은 경이로웠다.

총구에서 불을 뿜을 때마다 적들이 속수무책으로 쓰러졌으니, 그럴 만도 하다.

하지만 그들에게 총을 빌려주었던 택중은 굳은 얼굴을 하고 있었다.

흑사련을 똑바로 쳐다보던 그가 손을 치켜든 것도 그때였다.

그런 상태로 흑사련을 쏘아보던 그가 이윽고 손을 내렸다.

"진격하라!"

진수화의 외침에 꼴통 잡조 그리고 금의위와 동창의 무사들이 일제히 튀어 나갔다.

*   *   *

설매향은 놀라지 않을 수 없었다.

적들이 악양에서 도강해 오고 있다는 보고를 받은 겨우 한 시진 남짓. 그 짧은 시간에 강변을 확보하고 마침내 군산을 도모해 흑사련 앞마당까지 쳐들어왔다.

'대체 어떻게 그럴 수 있는 거지?'

그의 머리로는 도저히 가늠할 수 없는 속도였다.

하지만 놀라고 있을 수만은 없는 일. 설매향이 이를 악물고 자리에서 일어섰다.

"가자!"

아무래도 직접 가서 싸움을 주관하리라 마음먹은 것이다.

바로 그때였다.

다다다다다닷.

누군가 급히 달려오는 소리가 들려왔다.

그러곤 문이 벌컥 열리며 머리가 산발한 무사 하나가 뛰어들었다.

"급히 아룁니다!"

"말하라!"

"지금 감리 방면에서 일단의 무인들이 대거 남하하고 있다는 보고입니다!"

"감리?"

감리라면 의창에서부터 이어지는 요지가 아닌가.

하지만, 그곳에서 올 만한 자들이란⋯⋯.

'서, 설마?'

설매향의 눈이 부릅떠지는 순간이었다.

다다다다다다닷.

다시금 들려오는 다급한 발소리.

이어지는 보고는…….

"보고합니다!! 일단의 무사들이 감리를 지나 동정호에 도착했고, 군산을 향해 도강을 시도하고 있다고 합니다!"

콰직.

짚고 있던 책상 모서리를 움켜쥐 부서뜨리며 설매향이 물었다.

"놈들이 누군가?"

"그, 그게……."

머뭇거리던 수하가 입술을 깨문 뒤 대답했다.

"확실치는 않으나, 그들이 앞세운 깃발로 보아…… 마교가 아닌가 합니다!"

"마교!"

기어이 놈들이 중원으로 밀고 들어왔더란 말인가!

'너무 안일했군!'

현재 마교의 정세가 어떠한지 너무나 잘 알고 있던 그였다.

당연히 칠대종파와 이화태양종 간의 알력싸움을 모르지 않았다.

그렇기에 칠대종파의 공동전인인 사도운이 야율극을 견

제해 줄 거라고 믿어 의심치 않았던 것이다.

한마디로 사도운이 권토중래라는 명분을 앞세워 마교를 도모할 야심을 버리지 않는 한, 우습게도 평화를 부르짖는 야율극은 절대로 딴 마음을 품지 못하리란 계산이었던 것이다.

한데 어찌해…….

순간 설매향의 뇌리에 한 사람의 이름 석 자가 스치고 지나갔다.

이어 그의 이빨 사이로 서늘한 음성이 흘러나왔다.

"신…… 기…… 서…… 생!"

바로 그 순간이었다.

"군사님!"

언제 온 것인지, 또 다른 수하 하나가 뛰어들며 외쳤다.

"파옥한 죄수들이 일제히 탈출하여…….'"

"뭐, 뭣이?"

파옥(破獄)이란 것이 말처럼 쉬운 것이 아니거늘.

아무래도 내응하는 자들이 있어서 놈들을 풀어 준 것이…….

설매향은 눈앞이 캄캄해지며 이를 악물었다.

그때 수하의 입술 사이에서 익숙한 이름들이 튀어나왔다.

"우문락 어르신과 능군악 어르신, 그리고 염수광 어르신께서⋯⋯."

"큭!"

털썩!

자리에 주저앉으며 눈을 감고 마는 설매향이었다.

그러나 곧이어 그는 몸을 일으켰다.

"이대로 무너질 순 없다!"

이곳에만 이천여 명의 무인들이 있었다.

그들이라면 능히 적들을 막아 낼 수 있을 것이다.

설매향은 결심을 굳힌 채 방을 빠져나갔다.

얼마 뒤, 그는 무사들을 이끌고 싸움터로 뛰어들었다.

호각을 이루는 싸움이었다.

"놈들을 막아!"

"죽여라!"

"끄아아악!"

고함과 비명이 난무하는 가운데, 설매향은 무사들의 앞에 서서 진두지휘하기 시작했다.

그러자, 전황은 급격히 정도맹 쪽으로 기울었다.

"우군은 적들의 선두를 친다!"

"중군! 궁수들을 뒤쪽으로 물리고 창병들을 앞으로 전진시켜라!"

"좌군은 적들의 퇴로를 차단하고 우군을 도와 적들을 섬멸하라!"

설매향의 시기적절한 명령에 힘입어 점차 싸움을 유리하게 이끌어 가기 시작하는 정도맹이었다.

"쳐라!"

"모조리 쓸어버린다!"

"으아아아악!"

난전인 듯했지만, 자세히 보면 정도맹 무사들은 이제 좀 전과는 확연히 달랐다.

전열을 가다듬고 체계적인 전술을 발휘하고 있는 그들을 맞아 고전하는 쪽은 오히려 흑사련 측이었다.

안 그래도 연합군이었다.

뇌옥에서 갓 풀려난 흑사련의 무사들과 금의위, 동창의 무사들 그리고 천마신교의 무사들이 한데 어우러져 싸우다 보니 전술이고 뭐고 없었다.

갈수록 밀리기 시작하더니 결국엔 흑사련 밖까지 후퇴하고 말았다.

뿐만 아니었다.

퇴로까지 막힌 채 점차 밀리다 보니, 결국엔 오도 가도 못하는 상황에까지 이르렀다.

승기를 잡은 정도맹의 무사들이 무섭게 몰아쳤다.

마치 머리 큰 뱀처럼 늘어선 채 쉴 새 없이 파상공격을 해 오는 그들을 흑사련 측은 막지 못한 채 후퇴하지 않을 수 없었던 것이다.

이를 본 설매향이 안도의 한숨을 내쉬며 생각했다.

'다행이군! 저쪽에는 병법을 아는 자가 없는 모양⋯⋯ 응?'

순간 치미는 느낌⋯⋯.

뭐랄까, 그것은 위화감이었다.

그것이 무엇인지 생각에 잠기던 설매향이 일순 눈을 치떴다.

'신기서생!'

인간의 범주를 넘어섰다는 신인이 바로 그가 아니던가.

그런데, 그자가 병법을 모른다?

이상하다면 이상하지 않은가?

눈썹을 꿈틀거리던 설매향이 싸움터로 시선을 돌렸다.

흑사련에서 제법 떨어진 곳까지 밀려간 흑사련의 무사들을 정도맹의 무사들이 한창 뒤쫓고 있던 참이었다.

그야말로 속수무책으로 밀리고 있는 적들이었다.

한데 그 속에는 신기서생은커녕 금의위, 동창의 무사들로 보이는 자들이 보이지 않았다.

그 순간, 그의 입술이 서서히 벌어졌다.

그리고 곧이어 외침이 터져 나왔다.

"벼, 병력을 물려라!!"

하나, 그의 명령은 늦고 말았다.

두두두두두두두두두두두.

흑사련의 양측에 병풍처럼 서 있던 산기슭에서 먼지가
이는가 싶더니 수백 기의 전마가 쏟아져 내려왔다.

순식간에 쇄도한 말들이 무서운 기세로 정도맹의 전열
을 끊어 냈다. 마치 허리를 토막 내듯, 중간에서 잘라 버
린 탓에 정도맹의 무사들은 혼란에 빠져들었다.

바로 그때, 날카로운 파공성이 들려왔다.

핑! 핑! 핑! 핑! 핑!

뒤이어 하늘을 가득 메운 화살들.

쐐애애애애애애애애애애액.

시커먼 먹구름처럼 쏟아져 내리는 화살들은 적아를 막
론하고 날아들었다.

하지만 비명은 오직 정도맹의 무사들에게서만 터져 나
왔다.

"컥!"

"크악!"

"으아아아악!"

당연한 일이었다.

정도맹의 허리를 끊어 버린 흑사련 측은 어느새 준비했
는지 방패를 머리 위로 들어 올리고 있었던 것이다.

"크윽! 이럴 수가!"

설매향이 침음을 흘리며 시선을 돌렸다.

흑사련의 성벽 쪽으로 향한 그의 눈길에 성벽 위에 늘
어서 있는 무사들이 보였다.

모두 흑사련의 무사들이었다.

뿐만 아니라, 곳곳에 꽂혀 있던 정도맹의 깃발들은 어
느새 내려지고 그 대신 흑사련의 깃발이 서 있었다.

'당했다!'

어디 그뿐인가.

성문이 열리는가 싶더니, 수를 헤아릴 수 없는 기마가
쏟아져 나왔다.

철갑을 두른 전마를 타고 큰칼을 휘두르며 뛰쳐나온 무
사들은 틀림없이 흑사련의 무사들이었다.

한데 그들은 설매향이 잡아들여 뇌옥에 가두었던 자들
이 아니었다.

'저, 저들은 누구지?'

전황이 불리한 가운데, 재빨리 상황파악에 힘쓰던 설매
향은 한 가지 사실을 깨달았다.

'흑사련의 지부장들!'

그의 생각은 틀림없었다.

그 증거로 방금 성문을 통해 뛰쳐나온 무사들 중 가장 선두에서 무섭게 칼을 휘두르고 있는 자는 바로 탁일상이었다.

흑사련 항주지단 곽풍의 의동생이면서 흑도의 무사들 사이에선 장비의 화신이라고 불리는 사내가 그였던 것이다.

하면 어떻게 저들이 성안에 있는 것이지?

'실책이다! 적들을 성 밖으로 몰아내는 것만 신경쓰다 보니!'

그렇다곤 하지만, 저들은 어느 틈에 성안으로 들어온……

'그렇군! 내응한 자들이 북문을 열어 준 거로군!'

한마디로 뒷문을 열어 지원군을 들인 셈이다.

그렇다는 것은 이미 예정된 수순대로 병력을 운용하고 있다는 얘기.

싸움을 걸고 호각지세로 싸우다가 밀리는 척 뒤로 후퇴한 후, 뒤쫓는 정도맹의 무사들을 꾀어낸 뒤 그 틈을 타서 성을 탈환하는 조호이산지계!

그것을 가능하게 한 것은 후퇴하는 적들을 뒤쫓던 정도맹의 허리를 끊은 기마들이었다.

보병 위주의 무림인들을 상대로 기마대를 적절히 활용한 속도전이다.

개개인의 무공에 힘입어 각개전투와 집단전으로 싸워오던, 이제껏 강호에서 통용되던 전략과 전술의 개념을 뒤집는 획기적인 병법이었다.

흡사 군대에서나 쓰일 법한 그런 전술이었던 것이다.

'……절묘한 전술!'

이를 악문 설매향이 무기를 놓으며 하늘을 올려다보았다.

"졌…… 다."

제46장
대결전(大決戰)

얼마 전까지 흑사련주의 처소로 쓰이던 전각은 불에 타서 뼈대만 남은, 형편없는 몰골을 하고 있었다.

그럼에도 흑사련주 적무강은 그 앞에 있는 단상위에 태사의를 가져다 놓곤, 그곳에 앉아 앞마당을 내려다보고 있었다.

뇌옥에 갇혀 있던 탓에 한눈에도 지치고 초라한 몰골이었지만, 눈빛만은 여전했다.

무림을 양분하는 거대문파의 수장답게 오연하고 압도적인 눈빛을 뿜어내고 있었다.

또한 그 옆에는 초로한 장년인, 갈천성이 서 있었는데 택중을 대하던 모습과는 판이한 인상이었다.

뭐랄까. 범인이 접근하기 어려운 분위기를 풍긴다고나 할까.

어찌 되었든, 흑도를 대변하는 절대무인으로서 그들 두 사람은 포박한 채 무릎 꿇고 있는 설매향을 응시하고 있었다.

"죄인은 고개를 들라!"

흑사련의 대주 하나가 소리쳤지만, 설매향은 고개를 들지 않았다.

그런데도 흑사련의 대주는 그를 다그치지 않고 하고자 하는 말만 늘어놓았다.

"역당의 수괴로서 역모를 꾀했을 뿐만 아니라 강호의 도의를 저버리고 무림동도인 흑사련주를 시해하려고 한 죄, 그대는 인정하는가?"

설매향에게선 아무런 소리도 들려오지 않았다.

하나, 모두는 기다렸다.

누구 하나 나서지 않고 설매향에게서 목소리가 들려오기만을 기다리고 있을 뿐이었다.

잠깐의 시간이 흐르고, 마침내 설매향이 반응을 보였다.

"……쿡."

어깨를 들썩이는가 싶더니 설매향이 웃음을 터뜨린 것

이다.

"크크크크…… 크하하하하하!"

대기를 뒤흔드는 웃음소리에 그곳에 있던 모두의 안색
이 변했다.

"저, 저런 극악무도한 놈 같으니라고!"

누군가 손가락질하며 소리쳤고, 또 누군가는 분기탱천
해 당장이라도 칼을 뽑아 들 태세였다.

그러나 누구도 함부로 나서지 못했다.

흑사련주 패도검천 적무강. 그가 아무런 말도 하지 않
고 있었기 때문이다.

물론 금의위 부도독인 진수화가 나선다면, 아무리 그라
고 해도 막아설 수 없겠지만, 그녀라고 해서 괜시리 흑도
무인들의 심기를 건드려 가면서 그럴 까닭 따윈 없었다.

뿐만 아니라, 이번 일의 절대적인 공신이면서 한편으로
는 황제에게 일시적이라고는 해도 장군위까지 제수한 택
중 역시 나서는 게 가능하겠지만, 그로서는 더더욱 나설
이유가 없었다.

그러니 누가 있어서 함부로 나서겠는가.

따라서 모두는 적무강이 말문을 열기만을 기다리고 있
었다.

하나 아무리 시간이 지나도 적무강은 그저 설매향을 쳐

다보고만 있을 뿐 아무런 말도 하지 않았다.

바로 그때였다.

처벅처벅.

어쩐지 쓸쓸한 발소리를 이끌고 누군가 마당으로 걸어 나오고 있었다.

지팡이로 바닥을 두드리며 나오는 이는 노파였다.

봉두난발까지는 아니지만 허리까지 오는 백발을 아무렇게나 흘리고 앞으로 걸어 나온 노파는 이윽고 설매향의 앞까지 당도해서야 걸음을 멈추었다.

그러곤 몸을 돌려 적무강을 향해 허리를 숙여 보였다.

"기억하시는지 모르겠으나, 추노경이라 합니다."

이름 석 자를 댔지만, 누구 하나 알아보는 이는 없었다.

이를 알고 있는지, 추노경이 다시 말했다.

"한때 무림동도들이 설산마녀라 부르기도 했었지요."

그 순간 장내가 어수선해졌다.

십 년쯤 전에 활동한 무인으로, 정사 어디에도 속하지 않은 초절정 고수였는데, 어찌어찌하다 흑사련에 적을 두게 되었고 얼마 전까진 우문락과 능군악, 그리고 염수광의 수발을 들던 이였다.

그제야 그녀를 기억해 낸 적무강이 고개를 끄덕여 보였다.

그러자 추노경이 옅은 미소와 함께 말했다.

"빈노가 청이 있어 이렇게 나섰으니, 부디 탓하지 말아 주십시오."

"말해 보시구려."

"기실, 빈노는 아미파의 제자였지요."

장내가 웅성거렸다.

설마하니 설산마녀가 아미파 출신이었다니.

모두들 믿지 못하는 눈빛을 발하고 있었다.

그러거나 말거나 추노경은 계속해서 얘기했다.

"이미 수십 년 전의 일이니 이제 와서 말해 본들 무슨 소용이 있겠습니다. 뒷방 늙은이의 추억담으로도 쓰이지 못할 일이지요. 한데도 빈노가 이처럼 입에 담고 있는 까닭은 다름이 아닙니다. 당시 아미파 문도였던 저는 근방에 있던 한 문파의 사내 하나를 사모하게 되었고, 결국 정까지 통해 넘지 말아야 할 선을 넘고 말았습니다. 그 결과 아이를 가지게 된 저는 사문을 등지고 사내와 함께 야반도주를 결심했습죠."

여기저기서 탄식 어린 한숨이 흘러나왔다.

추노경은 이를 조금도 개의치 않는 모양이었다.

그녀는 다른 이들의 시선은 신경 쓰지 않은 채 말하고 있었다.

"쫓기는 가운데, 사형제들과 칼부림까지 해야 했지만 저희 부부는 결국 사천을 빠져나와 복건성까지 이를 수 있었습니다. 그곳에서 아이를 낳았고 한때나마 행복하게 살 수 있었습니다. 그럴 수 있었던 것은 한 가문의 문주께서 베풀어 주신 은혜로 인해 가능했습니다만, 인과는 돌고 도는 법. 인연이란 끊을 수 없는 것인지, 사문은 끝내 저를 용서치 않고 추격해 왔습니다. 그리고 어느 날, 잠시 집을 비웠던 제가 돌아와 보니 남편과 아이는 싸늘한 주검으로 변해 있더군요. 그 뒤로는 알려진 바와 같습죠. 분노한 제가 인성을 잃고 휘두른 검날에 수백 명의 무인들이 희생되고, 그 과정에서 저는 설산마녀로 불리게 되었습니다."

그 다음은 다들 알고 있는 바였다.

정도맹에게 쫓기던 그녀가 몸을 숨길 곳이라곤 흑사련밖에 없었고, 우여곡절 끝에 군산으로 온 그녀는 이곳에서 수십 년간 숨어 지냈다는 얘기였다.

"련주님, 혹시 아시겠습니까? 제가 마음속에 깊이 묻어두었던 얘기까지 꺼내고 있는 연유를?"

추노경을 가만히 바라보던 적무강이 살짝 고개를 끄덕인 뒤 말했다.

"알 것도 같구려."

"호호호호. 역시!"

웃음을 그치며 그녀가 쓸쓸한 어조로 얘기했다.

"짐작하시는 바가 맞습니다. 전날 저희 부부와 제 아들이 편안하게 살아갈 수 있도록 도와주신 분이 바로……."

"……."

"복주 설 가의 가주이셨던 설화명 대협이셨기 때문입니다. 그리고 그분은 지금 저 아이의 조부가 되시는 분이시지요."

장내에 있는 모두가 할 말을 잃고 두 노소를 바라보았다.

하나 추노경이 말하는 동안, 이미 일의 전모를 파악하고 있던 적무강이었기에 조금도 놀란 얼굴을 하지 않았다.

반면 추노경은 이전보다도 더욱더 애처로운 표정을 지은 채 적무강을 올려다보았다.

"비록 이곳에서 불목하나 다름없는 미천한 처지로 지내 왔으나, 이날까지 단 한 번도 흑사련의 식구가 아니라고 생각한 적은 없습니다. 해서 송구스럽게도 부탁드립니다. 부디 자비를 베푸시어, 저 아이의 목숨만이라도 살려주시길 간절히 청하옵니다."

말이 끝나기 무섭게 추노경이 지팡이를 들어 올렸다.

그녀를 지켜보고 있던 택중이 눈을 부릅뜨며 소리친 것

도 그때였다.

"안 돼요!"

휙!

바람을 타고 몸을 날린 택중이었지만, 늦고 말았다.

퍽!

추노경, 자신이 내려친 지팡이가 그녀의 머리통을 부수고 말았던 것이다.

털썩.

앞으로 고꾸라진 그녀를 모두가 당혹스럽다는 듯 쳐다보고 있을 때였다.

"허허! 이 무슨 괴사인가! 하나, 안 될 말이옵니다! 그녀의 사정이야 안타깝기 그지없사오나, 겨우 그 정도 일로 역당의 수괴를 살려 주다니요!"

흑사련의 장로 중 하나가 외친 소리는 많은 이들의 마음을 흔들어 놓기에 충분했다.

그만큼 설매향이 흑사련에서 행한 처사가 공분을 샀던 탓이었다.

"맞소이다! 무릇 하늘 아래 행하는 일이란 공사가 분명해야 하거늘. 어찌 한 사람의 은원이 역모를 덮어 둘 만큼 크다고 할 것외까! 아니 될 말이외다!"

"그렇소! 죄를 지었으면, 응당 벌을 받아야 하오! 그것이 곧 강호를 움직이는 법도가 아니겠소!"

여기저기서 소란이 그치질 않았다.

"그만!"

갈천성이 소리쳤고, 들끓던 소란이 일시에 가라앉았다.

그리고 잠시 후 적무강이 나직하게 말했다.

"죄인 설매향의 사지근맥을 끊는다. 그것으로 더 이상 죄를 묻지 말 것이며, 그를 비롯한 정도맹의 무인들은 정도맹주와 협의해 인도하도록 한다."

원래대로라면 설매향은 목을 베도 시원찮을 적도였다.

거기에 더해, 일면 조작된 부분이 있더라도, 황제의 침전을 침습한 역도들의 수괴라는 죄까지 붙어 있으니 오체분시하고 구족을 멸해도 할 말 없는 대역죄인이라 할 수 있었다.

한데도 겨우 사지근맥을 자르고 방면이나 다름없이, 정도맹에 넘겨 주다니 너무 가벼운 벌임이 틀림없었다.

그런데도 누구 하나 토를 달지 못했다.

적어도 이곳, 흑사련에서 만큼은 련주 적무강이 곧 법이기 때문이었다.

하나, 어디든 불만이 없는 자가 있을 순 없는 법. 특히 지금과 같은 상황에서는 당연한 일일지 몰랐다.

"말씀 중에 죄송하오나, 이 정도로 일을 처리하시면 분명히 황상께서 진노하실지 모르옵니다만."

동창의 당두(?頭) 하나가 앞으로 나서며 이의를 제기하고 있었다.

"허허! 언제부터 관에서 무림의 일에 가타부타 나섰단 말이오?"

흑사련의 장로 하나가 외치자, 여기저기서 저마다 한마디씩 하는 바람에 장내는 또다시 시끌벅적해졌다.

그러나 당두는 조금도 주눅 들지 않고 말했다.

"하면 묻겠소! 저자에게 합당한 죄를 묻지 않는다면, 누구에게 대역죄를 물으려는 것이오!"

순간 장내가 얼어붙었다.

누군가 바늘 하나라도 떨어뜨리면 당장에라도 칼부림이 일어날 것처럼 싸늘한 분위기였다.

그도 그럴 것이 대역죄를 논하고 있었기 때문이다.

누구도 함부로 나설 수 있는 상황이 아니었던 것이다.

바로 그때였다.

"급전입니다!"

멀리서부터 황급히 달려오는 이가 있었다.

"대체 무슨 일인데, 그러는 것인가!"

갈천성이 눈을 번뜩이며 호통 치자, 달려온 무인이 다급히 외쳤다.

"정도맹주가 죽고, 그 뒤를 이어 단목원이라는 자가 맹주위에 올랐다고 합니다!"

"뭐, 뭣이?!"

갈천성이 뜻밖의 소식에 눈이 휘둥그레졌을 때였다.

"크크크크크…… 크하하하하하하하!"

갑자기 설매향이 웃음을 터뜨렸다.

까닭을 몰라 모두가 그를 바라보고 있을 때, 설매향이 웃음을 그쳤다.

그러곤 통한 어린 음성으로 부르짖었다.

"그랬던가! 그랬단 말이던가! 크하하하하! 우매하구나! 참으로 우매하도다! 사도가 그토록 가까이 있거늘, 알아보지 못하고 대국을 망치고 말았구나! 킥!"

갑자기 앞으로 고꾸라지는 설매향이었다.

놀란 택중이 달려들어 설매향을 살폈다.

그러곤 단상 쪽으로 시선을 돌려 고개를 내저었다.

"독단을 깨문 것 같습니다."

아닌 게 아니라 설매향의 입술 사이에선 시커먼 핏물이 끊임없이 흘러나오고 있었다.

이를 잠시 동안 응시하던 적무강이 몸을 일으켰다.

그러곤 보고를 전해 온 무사에게 물었다.

"그게 전부더냐?"

"아니옵니다."

"하면, 마저 말해 보거라."

"지금 현재 정도맹의 절반 가까이가 숙청당했으며……."

"……."

"그 나머지를 이끌고 남하하여 화북평원에 집결하고 있다고 합니다!"

"헛!"

"이 무슨!"

모두가 놀라니, 소란은 쉽게 가시지 않았다.

이를 기다리던 무사가 다시 말했다.

"그 수가 삼천이 넘는다고 하옵니다! 그리고……."

스윽.

무사가 내미는 서찰 한 통을 택중이 받아서 적무강에게 전했다.

잠시 후 서찰을 모두 읽은 적무강이 택중에게 말했다.

"이건 나보다는 자네가 읽어야 할 것이군."

다시금 전해진 서찰. 택중이 서찰을 펴서 읽어 내렸다.

오라, 결하리니.

전날 맺은 연을 끊고 천하를 발밑에 두리라.

덧붙여 말하노니, 그대가 오지 않는다면 은중건과 흑도 무림인들의 목숨은 진토가 되어 흩어지리라.

절로 돌아간 택중의 시선이 은설란의 얼굴에 머물며 떠날 줄을 몰랐다.

본능적으로 두려움을 느꼈음인지, 그녀의 낯빛이 새하얗게 되고 말았다.

잠시 망설이던 택중이 그녀에게 서찰을 내밀었고, 이를 받아 든 은설란이 머뭇대다가 서찰을 읽어 내려갔다.

털썩.

다리에 힘이 풀린 은설란이 주저앉았다.

"소저!"

택중이 달려들어 그녀를 부축하자, 그녀가 택중의 품에 얼굴을 묻고 흐느꼈다.

그런 그녀의 등을 두드려 주며 택중이 말했다.

"염려 말아요. 어떻게든 될 거예요."

그때였다.

"대체 무슨 일인데, 그러는 것이오!"

누군가 물었고, 갈천성이 자초지정을 설명했다.

설명을 들은 흑도인들이 분노했다.

그리고 곧이어 또다시 얼어붙고 마는 분위기였다.

당연했다.

정도맹이 있는 개봉에서 출발해 화북평원에 모이고 있다는 백도의 무사들은 틀림없이 정예일 터다.

한데 그 수가 삼천이라면 지금의 흑사련으로선 도저히 막을 있을 턱이 없다.

솔직히 택중이 진수화와 마교주 야율극의 도움을 받아 흑사련을 탈환한 것도 기적에 가까운 일이었지 않은가.

모두의 눈동자에 불안과 초조가 공존한 채 크게 흔들리고 있을 때였다.

저벅.

택중이 몸을 돌려 발을 내디뎠다.

"어디 가는 겐가?"

갈천성이 물었고, 택중이 대답했다.

"은원이라는 거……."

"……."

"은혜라는 둥, 원한이라는 둥 그런 거 아닌가요? 그러니, 가야죠. 놈이 원하는 게 저라는데, 어쩔 수 없잖아요?"

"허허! 그렇다고 그리 가면, 누가 자네의 목숨을……."

피식.

택중이 웃었다.

그러곤 말했다.

"영감님. 저란 놈은 말입니다. 정의롭다거나 대의를 먼저 생각한다든가 하는 놈이 아니에요. 제 입으로 말하긴 뭐하지만, 꽤 치사하다구요."

"……?"

"설마 저 혼자 보내실 참이었던 거예요?"

"크큭. 아니! 당연히 아니지!"

갈천성이 몸을 돌려 적무강을 보았다.

그러더니 무릎을 꿇고 대례를 올렸다.

"신 갈천성! 출전하려오니, 허하여 주옵소서!"

이에 장내에 모두가 부복하며 외쳤다.

"허하여 주옵소서!"

적무강이 천천히 말했다.

"명하노라!"

고요한 가운데, 적무강의 음성이 대기를 흔들었다.

"흑사련의 무사들은 적도들을 물리치고 강호의 정기가 살아 있음을 만방에 알리도록 하라!"

*　　　　*　　　　*

사방이 확 트인 개활지였다.

구릉과 구릉을 잇는 평원이었고, 그 때문에 평원을 사이에 두고 늘어선 양측의 무사들은 조금의 방해도 없이 서로를 볼 수 있었다.

흑색 무복 일색인 흑사련의 무사들은 분노를 감추지 않은 채 적들을 쏘아보는 중이었다.

상대편도 마찬가지였다.

꼭 이번 일이 아니라도 백도와 흑도는 견원지간이었기에, 없던 분노도 기회만 주어지만 활활 타오르는 게 그들이었기 때문이다.

더구나 정도맹에 속해 있는 무인들은 태어날 때부터 흑도라면 사마외도라 하여 업신여기고 벌레 보듯 해 왔다.

그러니, 지금처럼 대결전을 앞둔 상황은 오히려 그들로선 꿈에서조차 바라 오던 상황일 터다.

단 한 번의 결전에 나선 것만으로도 공을 세우고 이름을 알릴 기회라고 생각했던 것이다.

이처럼 서로를 못 잡아먹어서 안달난 사람들처럼 적의를 감추지 않고 바라보만 보고 있으니, 전운은 갈수록 짙어지고 곧이어 싸움이 벌어질 일대는 칼날 같은 살기로 가득했다.

그런 가운데 택중이 앞으로 나섰다.

분위기는 꽤 진중했다.

하지만 그의 입술 사이로 흘러나온 음성은 조금도 진중하지 못했다.

"이봐요, 단목원 씨!"

하나 내공은 제법 쌓여 있어서, 외치니 사자후와 같았다.

당연한 일이겠지만, 단목원이 듣지 못했을 리 없었다.

하나, 대답은 단목원에게서 들려오지 않았다.

"저런 무도한 놈을 보았나!"

"감히 맹주님의 성함을 함부로 입에 담다니!"

정도맹의 장로들이 씩씩거리며 분기탱천해서 외치고 있었던 것이다.

그러든가 말든가, 택중은 하고자 하는 말을 내뱉었다.

"단목원 씨! 진짜 머리가 나쁜가 보죠? 지난번에 개처럼 처맞고 도망갔던 거 잊었어요?"

굳이 말하자면 격장지계지만, 민망할 정도로 유치했다.

한데, 이게 먹혔다.

저벅저벅.

단목원이 앞으로 나서며 소리쳤다.

"잊지 않았지. 그러니까, 이렇게 다시 온 것 아닌가."

"과연! 하지만 실수한 거야, 당신."

"그럴 수도 있겠지만, 이번엔 좀 다를 거라네."

피식.

택중이 비웃고는 얘기했다.

"그러다 또 처맞고는 어디 가서 훌쩍일라고, 그러지?"

어느새 평대를 하고 있는 그였다.

하지만, 단목원은 신경조차 쓰지 않는 눈치였다.

"더 이상 말로 할 일은 아닌 듯한데, 어쩌겠나? 우리 두 사람이 맞붙어서 해결을 볼 수도 있는데?"

"흥! 그래 놓고서 또 다시 뒤통수치려고?"

"글쎄. 그건 또 생각해 볼 일이지만, 지금은 별로 그런 생각이 들지 않는군그래."

"뭐, 그렇게까지 말한다면 피할 이유는 없겠지."

택중이 몸을 날려 평원 쪽으로 내려섰다.

그러곤 손을 들어 올려 까닥거렸다.

단목원 역시 훌쩍 뛰어내렸다.

"좋군. 역시 자넨, 배짱 하난 일품이란 말이지."

"배짱만?"

"실력도 제법이었지. 하지만, 더는 안 될 걸세."

"문답무용! 이라고 하지? 아마?"

어디서 주워들은 건 있어서 택중은 외쳐 놓고도 긴가민 가해서 고개를 갸웃거렸다.

바로 그때 전음 한 줄기가 그의 귓가로 스며들었다.

은설란이었다.

—조심해요. 아무래도 이상해요.

—뭐가요?

—뭐라고 딱 집어 말할 순 없지만……. 아무튼 위험하
다구요.

—걱정 말아요. 한 방 제대로 먹여 주고 돌아갈 테니까!

—믿어요. 하지만…….

—걱정 말라니까요.

——……고마워요.

아마도 자신의 아버지, 그리고 흑도인들을 위해 싸움에
나서 준 데 대한 감사의 표시일 터다.

택중이 돌아보지 않은 채 손을 들어 올렸다.

오직 한 사람, 은설란을 향한 인사였다.

이를 알아챈 은설란이 두 볼에 홍조를 띄었을 때 택중
이 신형을 쏘아 냈다.

동시에 등 뒤에 매고 있던 검을 뽑아 들었다.

스릉!

황제에게서 하사받은 보검이었다.

은빛 찬란한 검날이 예기를 뿜어내며 대기를 갈랐다.

깡!

어느새 뽑아 들었는지, 단목원의 칼이 택중의 검공을

막았다.

불꽃이 튀고, 이어 잠시 떨어졌다가 다시금 충돌하는 검들. 이후로 쉴 새 없이 검이 부딪혔다.

그리고 갈수록 두 사람의 검날을 예리해졌다.

뿐만 아니라, 검날에 씌워진 강기가 점차 짙어지고…….

채쟁 챙챙!

두사람의 움직임도 빨라졌다.

이윽고 수십 합의 겨룸 중에 이제 더는 신형을 알아보기 어려울 정도로 빨라진 그들이었다.

"헉! 인간이 어찌 저런 움직임을!"

누군가 감탄조로 내뱉었고, 정사 양측의 무사들은 달아오른 눈빛으로 택중과 단목원에게서 눈을 떼지 못하고 있었다.

바로 그 순간, 변화가 일어났다.

파지지지직!

택중의 검끝에서 전뇌가 이는 순간, 칠첩뇌운검 제일초 일지검뇌가 시전되었다.

그와 동시에 단목원의 검에서 시커먼 기운이 쏟아졌다.

"컥! 저것은!"

놀란 것은 흑사련 측이 아니었다.

오히려 정도맹의 무사들이 기겁해서 소리치고 있었다.

"마룡기!"

단목원이 뿜어내는 기운의 정체를 알아챈, 정도맹의 장로 중 하나가 외치자 모두는 당황하지 않을 수 없었다.

까닭은 간단했다.

중원에는 절대로 익히지 말아야 할 무공이 세 개 있었다.

혼세록(魂世錄).

사혼수라경(邪魂修羅鏡).

마룡기(魔龍氣).

셋 모두 정사무림의 것이 아니었고, 오히려 마도에 가까운 것이었으나 막상 마도 측에서조차 금지하고 있는 무공이었다.

인간이 익혀서는, 혹은 익힐 수 없는 무공들. 따라서 단 일 초식이라도 익힌 자라면 무조건 공적으로 선포되어 시체를 확인할 때까지 추적하도록 되어 있었다.

그만큼 경악할 만한 위력과 함께 극악한 무공들로 알려져 있었다.

이른바 금단의 무학들이었다.

특히 마룡기는…….

"피해!"

정도맹의 장로들이 소리치며 무사들을 뒤로 물리고 있었다.

당연한 일이랄까.

마룡기는 인간의 혼을 먹이로 삼아 위력을 발휘하는 무공이었기 때문이다.

"후후후, 이미 늦었다."

택중은 싸우는 와중에도 들을 수 있었다.

단목원에 중얼거리는 소리를.

그와 함께 택중은 깨달았다.

'……이놈! 싸움을 위해 무인들을 이끌고 온 것이 아니구나!'

그랬다.

그의 짐작은 한 치의 어긋남도 없이 맞았다.

단목원이 정도맹의 무사들을 화북평원에 결집시킨 것은 오직 한 가지 이유에서였다.

마룡기의 먹이로 삼기 위해서였다.

물론 흑사련의 무사들 역시 예외일 순 없었다.

이를 통해 고금을 통틀어 전무후무한 절대자가 되겠다는 야심이었다.

'아! 이것이었구나!'

택중은 깨달았다.

라디오, 그러니까 콴텀 트랜스 머신의 디스플레이 창에 떠 있던 숫자들이 무엇을 의미하는지를.

그것은 바로…….

'마신! 마신의 탄생을 알리는 카운트였던 거다!'

경악한 택중이었지만, 오래가지 않았다.

이를 꽉 다물며 그가 중얼거렸다.

"막는다……. 반드시 막는……."

그의 머릿속에 흘러가는 영상들.

처음 중원에 왔을 때부터 지금에 이르기까지 그가 만난 수많은 사람들의 얼굴들이 떠올랐다.

은설란은 물론 무치며 진수화, 옥란, 갈천성에 적무강까지…….

그리고 도악과 나지경을 비롯한 꼴통 잡조.

공부 삼아 가지고 온 절대무쌍을 읽고 깨달음을 얻었다며 좋아라 한 염수광과 그의 사형들.

심지어 얼굴을 직접 본 것은 오늘이 처음이었지만, 이미 서찰을 주고받으며 맹우가 되고 그 믿음을 저버리지 않고 나서 준 천마신교의 교주 야율극까지.

모두 그에게 있어서 가족 같은 이들이었고, 친구였으며 맹우였다.

그런 그들이 죽는다.

오직 한 사람의 야망에 희생되어.

으득.

이를 갈아 댄 택중이 손에 힘을 불어넣었다.

그 순간, 그의 검에서 전뇌가 일었다.

파치지지지직.

시퍼런 전뇌가 일대에 몰아쳤다.

바로 그때였다.

쿠오오오오오오오오오.

단목원의 검끝에서 쏟아져 나온 시커먼 연기가 한데 뭉치더니 마치 살아 있는 용처럼 솟구쳤다.

흡사 용오름 같았다.

마룡!

도저히 사람의 힘으론 어쩔 수 없을 것만 같은 느낌에 평원에 모여 있던 자들 모두는 두려움에 떨었다.

그 때문인지, 누구 하나 움직이지 못했다.

고양이 앞에 쥐처럼 옴짝달싹 못하는 그들의 눈동자에, 하늘 위 구름 속으로 모습을 감췄던 마룡이 다시 모습을 드러냈다.

쿠오오오오오오오오오오오오오.

그러곤 시커먼 입을 벌리고 사람들을 집어삼키기 위해 쇄도했다.

"주, 죽기 싫어!"

"안 돼!"

"으아아아악!"

뒤늦게 도망치기 위해 도주하려는 사람들로 일대는 혼란스러웠다.

물론 그 순간에도 오연한 눈빛으로 싸움터를 지키는 자들 또한 있었다.

정도맹의 장로들 몇 명과 흑사련의 련주, 천마신교의 교주. 그리고 갈천성과 진수화를 비롯한 꼴통 잡조들은 움직이지 않았다.

특히 은설란은 택중에게서 눈을 떼지 않은 채 두 손을 모으고 있었다.

'미안해요. 그리고 고마워요!'

눈물을 글썽이며 택중을 향해 마지막 말을 쏟아 내려 했다.

"당신을……."

쿠오오오오오오오오오오오오오오오오오오.

하나, 시간은 더 이상 주어지지 않았다.

시커먼 기운을 머금고 마룡이 사람들을 삼키려 하고 있었다.

바로 그 순간, 벼락이 쳤다.

꽈과광!

시퍼런 뇌전이 하늘에서 떨어져 택중의 검끝으로 빨려
들었다.

그리고 기적이 일어났다.

빠직 빠지지직.

감전된 것처럼 뇌전에 휩싸인 택중. 몸에 걸치고 있던
옷이 모두 타 버리고, 일전에 박 대령에게서 받은 내복이
모습을 드러내고 있었다.

일반적인 사람이라면 뇌기를 흡수하지 못하고 재가 되
어 버릴 상황이었지만, 신형 전투복에 힘입어 뇌기는 모
조리 흡수되어 단전에 고스란히 쌓였다.

그리고 그것은 기경팔맥을 휘돌아 검으로 흘러갔다.

흥!

택중의 손이 허공을 훑듯 휘둘러졌고, 그 손에 이끌려
검이 대기를 갈랐다.

번쩍!

최초의 일격.

푸른 뇌기가 반월 모양을 그리며 날아갔다.

번쩍!

뒤이어 다시 일격이 쏘아졌다.

번쩍! 번쩍! 번쩍! 번쩍!

연달아 쏟아진 뇌검.

쿠오오오오오오오오오오오오오오오오!

뇌격에 직격당한 마룡이 처참하게 울부짖으며 몸을 뒤틀었으나, 마지막 일격이 다시금 날아왔다.

번쩍!

제칠격 째였다.

"아! 치, 칠첩뇌운검!"

전설의 재래였다.

은설란의 아버지, 은중건이 평생을 받쳐 찾아 헤매던 칠첩뇌운검이 마침내 시전된 것이다.

쿠아아아아아아아아아아아아아아아아아아앙!

이윽고 마룡이 고통스럽게 절규하다가 한순간 터지듯 흩어졌다.

거짓말처럼 한순간에 사라져 버린 검은 기운, 마룡기!

남은 것은 넝마나 다름없는 옷을 걸치고 서 있는 단목원뿐이었다.

그나마도 비틀거리며 쓰러질 듯 휘청거렸다.

그런 단목원을 택중이 말없이 쳐다보았다.

그 순간, 단목원이 웃음 지었다.

그리고 입술만을 달싹여 말했다.

'즐거웠…….'

말을 채 마치기도 전, 단목원의 몸이 쩍쩍 갈라지며 푸른빛을 뿜어내기 시작했다.

그러곤 순식간에 분해되어 사방으로 흩어졌다.

형체도 없이 사라진 단목원. 그의 최후를 바라보다가 풀썩 주저앉은 택중이었다.

"고, 고 공자님!"

은설란이 구릉에서 뛰어 내려갔고, 그 뒤를 진수화와 옥란이 따라붙었다.

* * *

싸움은 끝났다.

한때 위험한 지경에까지 이르렀지만, 결국엔 택중이 승리했다.

그걸로 흑사련은 무사히 군산을 탈환할 수 있었으며, 싸움에서 철저히 패배한 정도맹은 꽁지를 말고 후퇴했다.

천마신교는 택중이 약속했던 대로 광동성 천만대산에 자리를 잡기 시작했고, 이르면 내년 봄에는 천산에 남아 있는 교도들 모두가 이사를 올 거라고도 했다.

진수화와 옥란은 안타깝다는 듯 떠나갔지만, 언제고 다시 돌아오겠다고 울먹였다.

꼴통 잡조원들은 택중이 준 무기들을 아쉬워했지만, 택중은 싸움 직후 냉담할 정도로 철저하게 무기들을 거둬들였다.

중원에 남겨 놓기엔 너무 위험하다는 판단에서였다.

우문락과 그의 사형제들은 흑사련을 떠났는데, 그렇다고 정도맹으로 돌아간 것은 아니었다.

어디로 간다는 말은 없었지만, 아마도 인적이 드문 산속에 기거하며 그간 깨달은 바를 대성키 위해 수련할 생각인 듯했다.

은설란은 돌아온 아버지, 은중건과 함께 살기 시작했다.

뿐만 아니라, 새로 지은 택중의 집 옆으로 이사를 왔다.

그렇게 강호는 평화를 되찾았다.

그리고 겨울이 왔고, 첫눈이 내리는 날이었다.

"이런 날은 고구마를 삶아 먹으며 빈둥거려야 제 맛인데……."

갈천성이 방바닥을 굴러다니며 중얼거리자, 택중이 피식 웃으며 받아쳤다.

"지금도 충분히 빈둥거리고 있잖아요."

"헐! 모르는 소리! 빈둥거린다 함은 이런 게 아니라네."

"그럼 뭔데요?"

"정말 몰라서 묻나?"

"글쎄요. 잘 모르겠네요."

"봐봐! 여기 쌓여 있는 서류들! 내가 지금 누워 있다 뿐이지, 놀고 있는 걸로 보이냐구!"

아닌 게 아니라, 방 안에는 온통 서류들로 꽉 차 있었다.

그도 그럴 것이 거의 망하다시피 했던 흑사련이 되살아났으니 할 일이 오죽 많겠는가.

당연한 일이었다.

택중이 서류들은 보지도 않은 채 중얼거렸다.

"그러니까, 왜 일을 여기 와서 하냐구요."

"흠. 방바닥이 따뜻한 게 슬슬 졸리는데? 확 그냥 한숨 때리고 할까 보다."

이유를 모를 택중이 아니었다.

중원을 거꾸로 들어 탈탈 털은들, 보일러가 놔진 집이 자신의 집 말고 또 있을 턱이 없다는 게 그 이유일 터였다.

한 차례 어깨를 으쓱해 보인 뒤 그가 자리에서 일어났다.

"출출한데, 라면이나 하나 끓여 먹어야……."

"두 개."

눈을 감고 있던 갈천성이 슬쩍 보태자, 택중이 말을 정정했다.

"그럼, 두 개……."

바로 그때였다.

현관문이 열리며 소리치는 자들이 있었다.

"세 개!"

"……네 개."

진수화와 옥란이었다.

배시시 웃으며 날듯이 달려온 진수화가 몸을 배배 꼬며 덧붙였다.

"물 올릴까요?"

"까스불은 제가 켤게요."

거기에 한 수 보태는 옥란을 택중이 귀엽다는 듯 보다가 말했다.

"그럼 네 개 끓일……."

"이왕이면 제 것도……."

은설란이 들어서고 있었다.

맑게 웃으며 걸어 들어온 그녀가 말했다.

"계란 동동 띄워서요."

"헐! 왜! 파는 필요 없어요?"

"아! 그걸 까먹었네요. 헤헤."

혀를 쏙 내밀며 웃는 은설란을 보며 고개를 설레설레 흔들던 택중이 주방으로 가서 싱크대 찬장문을 열었다.

"그나저나 다섯 개나 끓일 수 있는 냄비가 있나 몰라."

"내가 가져왔네."

뜻밖의 음성에 시선을 돌린 택중이 가볍게 고개를 숙여 보였다.

"련주님 오셨습니까?"

"오랜 만일세."

"흠, 반나절 만에 뵙는데, 그런 걸 오랜만이라고 할 수 있을까요?"

"하하하! 아무렴 어떤가? 마음이 이미 이곳에 있음인데, 어디에 있든 그리워 그러는 것인즉,. 자, 내 이럴 줄 알고 커다란 솥으로 준비해 왔다네."

"헛! 이건 너무 크잖아요! 이게 저기 올라가겠어요?"

가스렌지를 가리키며 소리치자, 갈천성이 방에서 뛰쳐나오며 소리쳤다.

"그럼 마당에 불 피울까?"

은설란이 말을 보탰다.

"삼매진화로 할까요?"

"흐흐흐. 그렇지! 라면 끓이는 데는 삼매진화가 제격이지!"

"아무렴! 무공 키워 뭐하나? 불조절하는 데 쓰면 딱인 거지!"

"호호호호호! 련주님은 어쩜 그렇게 하시는 말씀마다 진리만 말씀하세요!"

"하하하하! 달리 련주인가! 다 그런 걸세! 잘난 사람은 어딜 가도 대접받는다는 거 아닌가!"

바로 그때였다.

현관문이 열리며 무치가 나타났다.

"엉? 이제 와요?"

택중이 반갑다는 듯 묻자, 무치가 고개를 끄덕였다.

"물건 실어 놨습니다."

"아, 수고했어요. 그래서 오늘 지출은 얼마죠?"

"얼마 안 들어갔어요. 은자로 백 냥 정도입죠."

"호오! 싸게 먹혔네요. 추운데, 얼른 들어와요. 어떻게 무 대주도 라면 드실래요?"

"주시면 감사합죠."

"끙! 정말이네, 이제 냄비 정도론 안 되겠네요."

"그렇지?"

"아, 뭐해요! 빨랑 불 피우지 않고!"

"걱정 말게!"

"으악! 뭐하는 거예요! 집 태울 일 있어요!"

"미안하이, 나도 모르게 그만······."

"에잇, 저리 비켜요. 제가 할게요."

왁자지껄.

주거니 받거니 하며 불을 피우고, 솥에 물을 끓인 뒤라면을 삶아 먹은 뒤에도 그들은 방 안에 모여 노닥거렸다.

그러다가 밤이 오자, 하나둘씩 사라지고 택중만이 남아 마당으로 나왔다.

하늘을 올려다보니, 휘영청 밝은 달이 그렇게 밝을 수가 없다.

괜스레 흐뭇해진 택중이 중얼거렸다.

"곧 있으면 크리스마스네."

돌아가면 다인과 유진에게 선물을 해 줘야겠다고 마음먹은 뒤 택중은 안으로 들어갔다.

그리고 잠자리에 들었다.

다음 날 아침, 스마트폰이 진동하며 알람이 터졌다.

오빠 언능 일어나! 아잉~ 언능~!

코 막힌 소리로 잉잉대는 음성이 들려오기 무섭게 택중이 눈을 번쩍 떴다.

그리고 놀랐다.

사방이 어두웠던 것이다.

순간 자신이 헛것을 봤나 싶어서 두 눈을 비비던 택중은 한 가지 사실을 깨달았다.

'여긴 어디? 난 누구?'

그랬다.

지금 있는 곳은 어제까지 잠들어 있던 방과는 같은 듯 달랐다.

묘하게 다른 기분에 휩싸인 그는 자리에서 일어나 방에 불을 키기 위해 벽을 더듬었다.

그러다가 비틀거리며 중심을 잃었다.

"헛!"

하필 열린 문틈 사이로 손을 뻗었던 모양이었다.

간신히 중심을 잡아 넘어지는 꼴을 면한 택중이 안도의 한숨을 내쉬었을 때였다.

"뭐하고 있어?"

"아, 그냥…… 엉?"

깜짝 놀란 택중이 돌아섰다.

그리고……

화르륵.

불길이 일어나며 횃불이 방 안을 밝히는 순간, 더욱 놀랐다.

다인! 그녀가 침대 위에 있었다.

그것도 벌거벗은 채로.

한데……

"정말 다인?"

귀가 뾰족하다.

머리칼도 은발이었다.

눈을 깜빡이며 묻는 택중을 향해 다인이 미소 지었다.

그 순간, 방 안 한쪽에 놓여 있던 라디오에서 묘한 음파가 흘러나왔다.

치이이이이익.

%$^#&*^%# **((&^%(&*$ ^$@%$#@

눈금이 가리키고 있는 것은……

107.5

알 수 없는 불안감에 마른침을 삼키고만 택중의 눈에 라디오의 디스플레이창이 비쳤다.

WELCOME TO ROLLAND.

그곳에 떠오른 문구가 그의 가슴을 두근거리게 만들었다.

〈『신병이기』 제5권 完〉

신병이기

1판 1쇄 찍음 2014년 12월 3일
1판 1쇄 펴냄 2014년 12월 8일

지은이 | 예가음
펴낸이 | 정 필
펴낸곳 | 도서출판 **뿔미디어**

편집장 | 이재권
기획 · 편집 | 윤영상

출판등록 | 2002년 9월 11일 (제1081-1-132호)
주소 | 경기도 부천시 원미구 소향로 17번길(두성프라자) 303호 (우)420-864
전화 | 032)651-6513 / 팩스 032)651-6094
E-mail | bbulmedia@hanmail.net
홈페이지 | http://bbulmedia.com

값 8,000원

ISBN 979-11-315-3419-9 04810
ISBN 979-11-315-0007-1 04810 (세트)